W0367185

LOTTI TOMKE

Winterwellen Rauschen

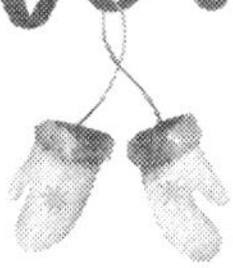

Ein Weihnachtsmärchen

ÜBER DAS BUCH

Ein altes Haus in einem Kiefernwald direkt am Meer. Wellenrauschen, das durch die Fenster bis ans Kopfkissen dringt. Und die Magie von Weihnachten, die an der Küste ihren ganz besonderen Reiz entfaltet.

Stella ist Altenpflegerin und nimmt eine Stelle bei der pflegebedürftigen Hilde an. Die betagte Frau hat einen letzten Wunsch: Noch einmal ein prächtiges, strahlendes Weihnachtsfest feiern. Mit Lulu, Stellas kleiner Tochter, findet Hilde eine Verbündete. Denn nichts liebt das Mädchen mehr als Lichterglanz und Sternenzauber.

Schon bald zieht Bratapfelduft durch das Haus, die Plätzchen stapeln sich und Kerzenschein erleuchtet auch den dunkelsten Winkel.

Doch wer ist der einsame Mann, der jeden Tag den Strand entlang wandert? Stella spricht ihn an – und erlebt ihr ganz persönliches Weihnachtswunder.

1

Es war Anfang Dezember und schüttete wie aus Eimern, aber Stellas guter Laune tat das keinen Abbruch. Endlose vier Wochen Urlaub lagen vor ihr. Vier Wochen! Stella fühlte sich so aufgekratzt wie ein Kind vor den Sommerferien. Sie konnte sich nicht erinnern, als Erwachsene jemals so lange frei gehabt zu haben.

Außerdem hatte der Wetterbericht vorhergesagt, dass sich der triste Regen schon bald in Schnee verwandeln würde. Die Chancen auf weiße Weihnachten standen günstig. Natürlich, niemand konnte garantieren, wie das Wetter in drei Wochen tatsächlich sein würde. Aber Stella fand, dass man an die guten Dinge im Leben glauben musste, damit sie auch eintraten.

Beschwingt öffnete sie die Tür des kleinen Personaldienstleisters, für den sie als Pflegekraft arbeitete. Lore Timmermann, Stellas resolute, aber warmherzige Chefin, saß wie immer hinter ihrem Schreibtisch und traktierte die Tastatur des Computers.

Lore hatte früher selbst als Pflegekraft gearbeitet und

diese Firma gegründet, um gegen die Missstände in dem Beruf anzugehen. Bei ihr gab es keine Ausbeutung. Alle Angestellten erhielten anständige Stundenlöhne und verlässliche Dienstpläne. Dafür verlangte Lore absolute Zuverlässigkeit.

Als sie Stella eintreten sah, hob sie den Kopf und lächelte ihre Mitarbeiterin an. Ein wenig erinnerte sie dabei an eine strahlende Sonne, mit den hellblonden Haaren und den runden Wangen, auf denen fröhliche Grübchen prangten. Lores vormals drahtige Geschäftigkeit war einer gemütlichen Gelassenheit gewichen, seit sie die Pflegestationen verlassen hatte und nur noch am Schreibtisch saß. Aber man durfte sich von ihrer mütterlichen Sanftheit nicht blenden lassen – trotz allem war sie eine gute Geschäftsfrau, die die Zahlen immer im Blick hatte.

Stella zog sich einen Stuhl heran und ließ sich mit einem Seufzen darauf nieder.

»Guten Abend, liebe Lore. Hier sind die Schlüssel. Und hier ist ein kleines Weihnachtsgeschenk für dich.« Stella legte den Schlüsselbund des Altenheims auf den Schreibtisch und stellte eine Schachtel von Lores Lieblingspralinen daneben.

Lores Reaktion ließ Stella stutzig werden. Denn ihre Chefin ließ kein überschwängliches Dankeschön hören, sondern runzelte stattdessen die Stirn und senkte ein wenig verlegen den Blick.

Verlegenheit bei Lore Timmermann! Ein Alarmsignal.

»Hör mal, Stella«, druckste sie nun herum und knetete dabei ihre Fingerknöchel, bis sie ganz weiß wurden.

Stella spürte, wie sich all die Energie, die sie trotz des langen Arbeitstages gerade noch beflügelt hatte, aus dem Staub machte. Sie wusste, was kommen würde, ohne, dass ihre Chefin die Worte aussprechen musste.

Keine vier Wochen Urlaub.

Keine grenzenlose Freiheit.

Keine strahlenden Kinderaugen.

Die Erkenntnis traf sie wie ein Messerhieb.

Wie sollte sie Lulu die Wahrheit sagen? Noch viel mehr als Stella selbst hatte sich ihre fünfjährige Tochter Luisa darauf gefreut, vier Wochen voller Weihnachtsglanz und Winterzauber zu verbringen. Mit einer Mama, die immer für sie da war. Viel zu oft musste Stella ihr kleines Mädchen in der Obhut ihrer Nachbarn lassen, um arbeiten zu können.

Denn einen Vater gab es nicht in ihrem Leben. Er hatte es vorgezogen, die Verantwortung für das Kind abzulehnen und stattdessen im sonnigen Süden sein Glück als Musiker zu versuchen.

Stella sprang auf. Sie musste kämpfen. Sie hatte Luisa versprochen, dass sie dieses Jahr magische Weihnachten feiern würden. Und sie würde dieses Versprechen halten, koste es, was es wolle.

»Nein, Lore. Nein, nein, nein. Ich werde keinen Tag länger arbeiten. Dieser Urlaub ist heilig. Du weißt, dass du immer auf mich zählen kannst. Nun muss ich auf dein Wort zählen können. Ich habe es Lulu versprochen. Ich darf dieses Versprechen nicht brechen. Was für einen Eindruck bekommt meine Tochter denn sonst von der Welt? Wenn sie sich nicht einmal auf ihre eigene Mutter verlassen kann?«

»Ach Stella, lass mich doch erst mal erzählen.« Lore seufzte und senkte langsam die Hand, eine bittende Geste, dass Stella sich doch wieder setzen möge.

Diese ließ sich widerstrebend nieder. Sie wollte weder Ausflüchte noch Schmeicheleien hören. Nein, sie wollte ein magisches Weihnachtsfest mit ihrer Tochter verbringen. Zeit haben, um gemeinsam Plätzchen zu backen, Geschenke einzupacken, lange Winterspaziergänge zu machen, heiße Schokolade zu trinken und Geschichten vor dem knisternden Kaminfeuer zu lesen. Nun gut, es war nur eine Kaminfeuer-CD für den Fernseher, aber das zählte auch.

»Hilde Linnenbürger ist eine Seele von Mensch«, begann Lore zu erzählen. »Sie ist zweiundneunzig Jahre alt und wohnt in einem hübschen Häuschen in einem Kiefernwald. Direkt dahinter beginnt der Strand. Sie ist zwar körperlich etwas eingeschränkt, aber geistig topfit. Und sie wünscht sich nichts sehnlicher, als noch einmal ein wunderbares Weihnachtsfest zu erleben.«

»Wenn Frau Linnenbürger körperlich eingeschränkt ist, dann ist sie doch bereits auf unterstützende Pflege angewiesen«, sagte Stella.

»Ja, das stimmt. Und mit Margrit hat sie auch eine Pflegerin gefunden, mit der sie rundum glücklich ist. Nur hat Margrit nun selbst einen Pflegefall in der Familie und wird zu Hause gebraucht.«

»Es arbeiten doch viele Leute für dich, Lore. Kann denn niemand anderes die Aufgabe übernehmen?« Stella konnte den flehenden Unterton in der Stimme nicht vermeiden.

»Natürlich könnte ich jemand anderen hinschicken.

Aber ich weiß, dass diese Stelle perfekt für dich ist. Wie gesagt, Hilde ist eine reizende alte Dame und die Lage des Häuschens ist einfach nur traumhaft schön. Außerdem ist die Bezahlung sehr gut. Und so weit ich weiß, ist die Reparatur deiner Heizung überfällig.«

»Ich habe Luisa ein rauschendes Weihnachtsfest versprochen. Sie kommt jetzt in das Alter, in dem sie immer öfter nach ihrem Vater fragt und noch nicht verstehen kann, dass er ein selbstsüchtiger Schuft ist, der keinerlei Interesse an ihr hat. Ich will, dass sie es trotzdem schön hat.«

»Glaub mir, ihr werdet geradezu magische Weihnachten bei Hilde erleben. Niemand wird es dort besser gefallen als deiner aufgeweckten Lulu.« Lore zog die Schreibtischschublade auf und holte ein Bild heraus, das sie Stella reichte.

Es zeigte ein zauberhaftes Reetdachhäuschen, einige windschiefe Kiefern und das rauschende Meer. Und das da oben, war das eine Möwe, die anmutig ihre Kreise im strahlend blauen Himmel zog?

»Was soll ich mit dieser Postkarte?«, fragte Stella.

Lore lächelte verschmitzt.

»Das ist keine Postkarte. Das ist Hildes Haus.«

2

Stella hatte sich Bedenkzeit bis zum Abend des nächsten Tages erbeten. Das Angebot war verlockend. Mit der guten Bezahlung könnte sie endlich die Heizung reparieren lassen. Und vier Wochen am Meer zu verbringen, hatte durchaus seinen Reiz. Auch im Winter. Die gute Luft, die herrliche Landschaft, die Ruhe – eine wunderschöne Vorstellung. Für Stella. Aber was war mit Luisa?

Sie freute sich schon so auf die Adventssonntage bei ihren Freundinnen. Auf die uneingeschränkte Aufmerksamkeit ihrer Mutter. Auf Spaziergänge in den Park zu ihren Lieblingsenten Fräulein Schnatterbeck und Herr Schnabelkopf.

Nachdenklich öffnete Stella das Gartentor der Pinkwarts. Ohne Heidemarie und Lothar wäre sie aufgeschmissen. Insgeheim war sie überzeugt, dass ihre Nachbarn eigentlich Engel waren, die ihr der Himmel geschickt hatte. Seit Luisas Geburt hatten sie das Mädchen wie ein Enkelkind angenommen und sorgten für sie, als wäre Luisa ihr eigen Fleisch und Blut.

Stella wusste nicht, wie sie den beiden jemals genug würde danken können. Jeder Kuchen, den sie vorbeibrachte, jede Besorgung, die sie für sie erledigte, waren nur kleine Aufmerksamkeiten. Sie mochten zwar Stellas Dankbarkeit ausdrücken, aber eine richtige Wiedergutmachung für die aufopfernde Hilfsbereitschaft der Pinkwarts waren sie nicht.

»Alles hat seine Zeit im Leben«, flüsterte eine Stimme in Stellas Innersten.

Es würden Gelegenheiten kommen, in denen sie ihren Nachbarn all das zurückgeben konnte, was sie ihr so selbstlos und gütig zuteilwerden ließen. Und Stella würde jede einzelne dieser Gelegenheiten nutzen.

Noch bevor sie auf den Klingelknopf drücken konnte, ging die Tür auf und Luisa stürzte in Stellas Arme.

»Mama, Mama! Ich hab dich vom Küchenfenster aus kommen sehen. Wir haben Lebkuchen gebacken. Das ist ganz schön schwierig.«

»Ich bin mir sicher, du hast das toll gemacht, mein kleiner Sonnenschein.« Stella drückte ihrer Tochter einen Kuss auf die Stirn und drehte sich einmal mit ihr im Kreis.

Heidemarie Pinkwart erschien in der Tür, einen Teller mit frischgebackenen Lebkuchen in der Hand.

»Lulu war eine tolle Helferin«, sagte sie und strich dem Mädchen über das lange blonde Haar. »Schau nur, wie schön die Lebkuchen geworden sind.« Heidemarie reichte Stella den Teller.

»Für mich?«, sagte Stella. »Aber das wäre doch nicht

nötig gewesen. Lothar und du, ihr tut schon so viel für uns.«

»Aus reinem Egoismus«, sagte Heidemarie und zwinkerte schelmisch. »Unser Haus kommt uns schrecklich einsam vor, wenn nicht das glockenhelle Lachen der lieben Lulu durch die Zimmer hallt.«

»Ich danke euch von ganzem Herzen.«

»Wir danken dir, dass du uns Zeit mit Luisa schenkst. Du weißt, wie gerne wir selbst Kinder und Enkel gehabt hätten.« Ein dunkler Schatten huschte über Heidemaries Gesicht, obwohl sie lächelte. Sie schluckte hastig und wedelte mit den Händen. »Und nun rasch nach Hause mit euch, das Wetter ist wirklich unbehaglich. Macht es euch im Warmen schön gemütlich.«

Den kurzen Weg zum Haus hinüber plapperte Luisa wie ein Wasserfall. Was es nicht alles zu erzählen gab, wenn man die Welt aus Kinderaugen sah. Stella schmunzelte und sperrte die Haustür auf.

Es war kalt.

Eiskalt.

Zwar stellte sie die Heizung tagsüber herunter, um Geld zu sparen, aber die Kälte, die ihr nun entgegenschlug, sprach eine eindeutige Sprache: Das gute Stück hatte mal wieder den Dienst quittiert.

»Mami muss schnell in den Keller nach der Heizung sehen«, sagte Stella. »Bringst du die Lebkuchen schon mal in die Küche?«

Luisa nickte diensteifrig und huschte davon. Stella warf ihre Tasche achtlos auf das Garderobenschränkchen und stapfte die schmale Stiege in den Keller hinunter. Sie hatte das Häuschen von ihren Eltern geerbt, die viel zu früh gestorben waren. Leider war das Gemäuer mittlerweile in die Jahre gekommen und musste nach und nach saniert werden. Für eine Alleinerziehende kein leichtes Unterfangen.

Stella sah schon von Weitem das rote Warnlicht der Heizung blinken. Manchmal half es, den ganzen Kessel vom Strom zu nehmen und nach ein paar Minuten wieder anzuschalten. Manchmal half allerdings auch nur der Besuch des Installateurs.

»Bitte, Heizungsgötter, zeigt euch gnädig«, betete Stella und drückte den Schalter. Dann zählte sie stumm bis hundert und schaltete die Heizung wieder an.

Das tiefe Brummen, das kurz darauf ertönte, war Musik in ihren Ohren. Es hatte funktioniert! Beschwingt machte sich Stella auf den Weg nach oben, wohl wissend, dass dieses Spielchen keine Dauerlösung sein konnte. Aber heute hatte es funktioniert. Und nun würde sie den Abend mit Luisa genießen.

Ihre Tochter saß am Küchentisch und betrachtete fasziniert das Foto von Hilde Linnenbürgers Haus. Wie war sie denn da rangekommen? Luisa sollte doch nicht in Stellas Tasche wühlen.

»Wie kommst du denn an das Bild, meine liebe Lulu?«, fragte Stella streng.

»Sei nicht böse, Mama. Es ist aus deiner Tasche gerutscht, als ich sie vom Boden aufgehoben habe. Ich wollte sie aufräumen.«

Stella zog eine Augenbraue nach oben und musterte ihre Tochter kritisch, doch Luisa schaute dermaßen unschuldig drein, dass sie ihr Glauben schenkte.

Luisa, mit dem untrüglichen Gespür aller Kinder

ausgestattet, dass die Luft wieder rein war, platzte sogleich mit einer Frage heraus.

»Was ist das für ein tolles Haus? Es sieht schön aus zwischen den Bäumen. Und das, ist das ein Strand?« Luisas kleine Finger tippten aufgeregt auf das Foto.

»Ja, das Haus liegt in einem Wäldchen am Meer.«

»Ein Wald am Meer? Das klingt aufregend. Können wir das Haus besuchen?« Luisa schaute Stella mit ihren kugelrunden Kinderaugen an.

»Nein, mein Liebes, das …«

»Aber warum, Mama? Du hast doch jetzt vier Wochen frei. Wir sind noch nie weggefahren. Bitte.«

Stella schnaufte.

»Bitte, bitte, bitte.«

»Willst du das wirklich?«

»Ja. Ja, ja, ja!« Zwei kleine Hände schlossen sich flehend um Stellas Arm.

»Wenn wir fahren, dann müssen wir länger bleiben als nur einen Tag.«

»Wie lange denn?«

»Den ganzen Urlaub. Bis ins neue Jahr.«

»Wirklich?« Luisa klatschte begeistert in die Hände. Doch dann trübte sich ihr Blick. »Können wir in dem Haus Plätzchen backen? Und einen Weihnachtsbaum aufstellen? Und darf ich die Sterne aufhängen, die ich im Kindergarten gebastelt habe?«

»Natürlich, Liebes.«

»Dann können wir die nächsten vier Wochen dort verbringen«, sagte Luisa. »Keine meiner Freundinnen feiert Weihnachten am Meer. Die werden Augen machen, wenn ich ihnen davon erzähle.«

3

So kam es, dass Stella und Luisa schon zwei Tage später am frühen Morgen in Stellas klappriges, rotes Auto stiegen und Richtung Meer ratterten. Man konnte kaum aus den Fenstern sehen, so vollgepackt war das kleine Vehikel. Denn der ganze Weihnachtsschmuck hatte mitgemusst, wer wusste schon, ob vor Ort genügend im Haus war. Dazu Plätzchenformen. Kerzen. Lichterketten. Adventskranz und Adventskalender. Luisas Kuscheldecke. Der Einhornrucksack. Ihre Lieblingsstofftiere. Bücher. Kleidung.

Nur Luisas rosarotes Fahrrad hatte beim besten Willen keinen Platz mehr gefunden, was das Mädchen ziemlich traurig machte. Erst Stellas Erklärung, dass man im tiefen Sand am Ostseestrand sowieso nicht gut in die Pedale treten konnte, beendete die Diskussion. Dafür wurden die hübschen quietschgelben Gummistiefel eingepackt. Und ein extra Paar dicke, kuschelige Wollsocken.

»Mama, hat die alte Frau in dem Haus auch einen Adventskalender?«, hatte Luisa beim Frühstück gefragt.

»Das weiß ich nicht, Liebes.«

»Dann müssen wir ihr einen mitnehmen. Sonst ist sie bestimmt sehr traurig, wenn wir einen haben und sie nicht.« Luisa öffnete mit Begeisterung das fünfte Türchen.

Zufrieden betrachtete sie das Schokoladentäfelchen in Form einer Kerze, bevor sie es in den Mund steckte und genießerisch auf der Zunge zergehen ließ.

Also wurde noch ein Abstecher in den Supermarkt gemacht, um einen Adventskalender für die zweiundneunzigjährige Hilde Linnenbürger zu besorgen. Stella fand drei Exemplare auf einem Tisch für reduzierte Ware und ließ Luisa auswählen, welches Motiv das schönste war. Das Mädchen überlegte nicht lange und entschied sich für den verschneiten Marktplatz mit den leuchtenden Fensterscheiben und den spielenden Kindern.

Ich hätte dasselbe ausgesucht, dachte Stella lächelnd.

Sie und Lulu waren sich nicht nur äußerlich sehr ähnlich – lange blonde Haare, grüne Augen und ein kräftiges Kinn, sondern auch, was den Geschmack anging.

Stella liebte die einfachen, günstigen Adventskalender mit den kleinen Schokoladentäfelchen seit ihrer Kindheit. Und Luisa hatte die gleiche Freude daran. Zwar hatte es Stella im Kindergarten von der ein oder anderen Mutter einen entsetzten Blick eingebracht – Schokolade, nicht einmal bio! – aber das war ihr egal.

Einige der Frauen machten aus dem Muttersein einen Wettbewerb und überboten sich gegenseitig beim Zubereiten der gesündesten Kuchen, beim Einkauf der nachhaltigsten Kleidung oder beim Basteln des ausgefallensten Adventskalenders. Dabei brauchten Kinder zum Glücklichsein doch vor allem Zuwendung und Liebe. Alles andere war nebensächlich.

Luisa jedenfalls zeigte sich hochzufrieden über ihren Einkauf und war auf der Fahrt allerbester Dinge. In Stellas Kopf hingegen kreiste so manche Sorge.

War es die richtige Entscheidung gewesen, die Stelle anzunehmen?

Würde sie auch genügend Zeit für ihre Tochter haben?

Würde es Luisa in dem Haus gefallen? Oder würde sie plötzlich ganz schrecklich unglücklich werden, weil sie Weihnachten doch lieber zu Hause gefeiert hätte?

Fragen über Fragen ploppten in ihren Gedanken auf, wie Popcorn, das gegen den Topfdeckel hüpfte.

Zu spät, ermahnte sich Stella.

Die Entscheidung war schließlich schon gefallen. Nun würden sie einfach das Beste daraus machen.

Und als Stella langsam die Einfahrt zu Hilde Linnenbürgers Haus entlangrollte, fielen Meter für Meter die Zweifel von ihr ab.

Wie schön es hier war! Wie im Märchen. Stella stoppte den Motor, befreite Luisa aus dem Kindersitz und bewunderte gemeinsam mit ihrer Tochter diesen magischen Ort, an dem sie gelandet waren.

Das Haus hatte ein echtes Reetdach, hellblaue Fensterläden und eine ebenso hellblaue Haustür mit einer kleinen runden Glasscheibe. Vor dem Haus befanden sich üppige Blumenbeete, die mit Reisig abgedeckt waren. Aber im Sommer blühten sie bestimmt wunderbar und verströmten einen herrlichen Duft. Riesige Kiefern begrenzten das Grundstück an den Seiten, der Wind sauste durch deren Zweige und ließ die Nadeln und Kiefernzapfen zittern.

»Hörst du das, Mama?«, fragte Luisa und hielt sich eine Hand ans Ohr.

»Was meinst du, Lulu? Das Rauschen der Bäume?«

»Nein, das andere Geräusch. Das müssen die Wellen sein. Können wir ans Meer gehen?«

»Aber Liebes, wir sind doch gerade erst angekommen. Lass uns erst einmal Frau Linnenbürger einen guten Tag sagen, bevor wir durch ihren Garten schleichen wie zwei Einbrecher.«

»Na gut.« Luisa seufzte.

Stella griff nach der Hand ihrer Tochter und gemeinsam stapften sie die Treppe hinauf. Die Klingel schickte ein melodisches Dingdong ins Haus.

Es dauerte nicht lange, da flog die Tür auf und eine energische Frau mit Kopftuch und Schürze erschien im Türrahmen.

Das konnte doch unmöglich Hilde Linnenbürger sein, dachte Stella. Denn die Dame vor ihnen sah ganz und gar nicht pflegebedürftig aus.

»Willkommen, meine Lieben. Ihr müsst Stella und Luisa sein. Ich bin Margrit.« Die Frau schloss die Neuankömmlinge kurzerhand in ihre Arme und zerrte sie dann ins Haus. »Nur hereinspaziert, das Wetter da draußen ist garstig.«

»Ich mag Wind«, sagte Luisa. »Da kann man Drachen steigen lassen.«

»Hier musst du aufpassen, dass dir der Wind deinen

Drachen nicht aus der Hand reißt«, sagte Margrit. »Aber ich sehe schon, du bist ein kluges und starkes Mädchen, nicht wahr? Dir wird es hier blendend gefallen.« Sie strich Luisa übers Haar. »Und nun lasst uns die liebe Hilde begrüßen. Sie wartet schon gespannt darauf, euch kennenzulernen.«

Margrit führte Stella und Luise ins Wohnzimmer des Hauses und wieder stockte Stella der Atem. Durch eine Glastür und ein großes Fenster konnte man den Garten und etwas entfernt sogar das Meer blitzen sehen!

Vor dem Fenster stand ein einladender Ohrensessel, daneben ein leerer Rollstuhl.

»Stella und Luisa sind da, Hilde«, sagte Margrit und führte Mutter und Tochter zum Ohrensessel.

Darin saß die Hausherrin Hilde Linnenbürger, ein zartes Persönchen mit weißem, zu einem Dutt geschlungenem Haar, die Haut runzelig wie eine Dörrpflaume, aber die Augen auffallend wach. Neugierig musterte sie die Besucher.

»Schön, dass ihr da seid«, sagte sie. »Bitte entschuldigt, dass ich nicht aufstehe, um euch zu begrüßen, aber es ist so eine schwere Last für mich.« Sie streckte stattdessen die Hände aus und Stella und Luisa griffen voller Mitgefühl danach.

»Ich bin Lulu«, plapperte Luisa sogleich drauflos. »Und das ist meine Mama Stella. Stella heißt Stern, das passt gut zu Weihnachten, findest du nicht?«

»Ja, das passt wirklich ganz wunderbar«, stimmte Hilde zu. »Magst du denn Weihnachten gerne?«

»Ich liebe Weihnachten«, verkündete Luisa im

Brustton der Überzeugung. »Ganz besonders mag ich Plätzchen. Die mit Marmelade drin.«

Alle lachten und das Eis der Fremdheit war sofort gebrochen. Margrit servierte Tee und Gebäck und alle lernten sich bei heiterem Geplauder ein wenig kennen.

Nachdem der Tee getrunken und das Gebäck verspeist worden war, machten sich Margrit und Stella auf den Weg durchs Haus, um die alltäglichen Pflichten zu erörtern. Luisa hingegen blieb bei Hilde im Wohnzimmer. Diese hatte bereits einen Narren an dem kleinen Wirbelwind gefressen und das Herz ging ihr auf vor Freude, weil endlich wieder einmal kindlicher Übermut durch das Zimmer wehte.

»Soll ich dir ein Geheimnis verraten, liebe Lulu?«, fragte Hilde und grinste verschmitzt.

»Oh ja, ich liebe Geheimnisse. Und ich verrate sie auch niemandem.« Luisa tat, als würde sie ihre Lippen mit einem Schlüssel versperren und diesen weit von sich schleudern.

»Gut, das habe ich mir gleich gedacht«, sagte Hilde und senkte die Stimme. »Dieses Haus ist ein Zauberhaus. Nirgendwo kann man Weihnachten so gut feiern wie hier. Aber nur, wenn alles festlich geschmückt und dekoriert wurde. Am Dachboden stehen fünf große Kartons mit Weihnachtsschmuck. Wirst du mir helfen, ihn an den richtigen Stellen anzubringen?«

»Ja, das werde ich«, erwiderte Luisa. Sie machte ein ernstes Gesicht, das Nicken wirkte geradezu andächtig.

Weihnachten war eine wichtige Angelegenheit. Kein Fest, das man halbherzig feiern konnte. Nein, Weihnachten bedeutete, die Augen zu öffnen und das Herz.

Für das Gute, das Schöne, das Zusammensein. Weihnachten bedeutete, sich die Hand zu reichen, Streit beizulegen und einander Frieden zu schenken.

Am besten gelang das in der richtigen Umgebung. Es konnten gar nicht zu viele Sterne funkeln, Glöckchen läuten, Lichter und Kerzen brennen. Der Duft nach Plätzchen und Punsch konnte gar nicht verführerisch genug sein, um den Zauber von Weihnachten gebührend zu verbreiten.

Hilde und Luisa lächelten sich verschwörerisch zu. Dieses Weihnachtsfest würde grandios werden, das war sicher.

4

Stella und Margrit hatten auf ihrem Rundgang durchs Haus alle Aufgaben besprochen. Nun saßen sie bei einer starken Tasse Kaffee gemütlich in der Küche beisammen.

Vorher hatten sie sich natürlich vergewissert, dass es Hilde und Luisa gut ging, aber die zwei waren so sehr in ein Buch über Weihnachten und Einhörner vertieft gewesen, dass die beiden Frauen leise den Rückzug angetreten hatten.

»Es ist schön, Hilde so glücklich zu sehen«, sagte Margrit. »Sie ist jetzt schon ganz vernarrt in Lulu. Wie kam es zu diesem Spitznamen?«

»Luisa hat ihn sich selbst verpasst«, sagte Stella. »Sie konnte ihren Namen anfangs nicht aussprechen und hat immer Lulu gesagt. Dabei ist es dann geblieben.«

»So nett«, sagte Margrit. »Sie ist ein tolles Mädchen.«

»Ich habe mir ein wenig Sorgen gemacht, dass ich hier nicht genug Zeit für sie haben werde«, sagte Stella. »Aber nun weiß ich, dass diese Zweifel unbegründet sind. Luisa wird tolle Wochen hier verbringen.«

»Ganz sicher wird sie das. Ihr beide werdet eine wunderschöne Zeit haben. Hilde ist eine sehr pflegeleichte Patientin. Du musst wissen: Sie sitzt nicht im Rollstuhl, weil sie gelähmt ist. Sondern aus Schwäche. Ihre Kräfte schwinden von Woche zu Woche, obwohl ihr Hausarzt Eugen Kiekbusch alle drei Tage nach ihr sieht.«

»Was hat er denn für eine Diagnose gestellt?«, fragte Stella.

»Altersschwäche. Organisch lässt sich nichts finden.« Margrit rührte nachdenklich in ihrem Kaffee.

Stella beschlich das Gefühl, dass Margrit noch etwas auf der Zunge lag, aber sie war sich nicht sicher. Und neugierig nachzufragen, kam ihr unhöflich vor. Zumal sie die Frau ja erst seit ein paar Stunden kannte.

»Ach ja, ein weiterer Herr, der immer wieder nach dem Rechten sieht, ist Ingmar Kiekbusch. Er ist der Vermieter des Hauses und weiß um Hildes angeschlagenen Gesundheitszustand. Deshalb kümmert er sich um den Garten und erledigt auch die ein oder andere Handwerkerleistung im Haus. Er hat sicherheitshalber einen eigenen Schlüssel, aber keine Sorge, er läutet stets, bevor er das Haus betritt.«

»Ist Kiekbusch ein häufiger Name in der Gegend?«, fragte Stella. »Der Arzt heißt auch so, oder?«

»Eugen und Ingmar sind Brüder«, sagte Margrit. »So, und jetzt muss ich langsam los. Es wartet viel Arbeit auf mich zu Hause.«

»Lore hat mir erzählt, dass du dich um einen Pflegefall in der Familie kümmern musst. Es tut mir leid und ich hoffe, dass ihr trotzdem eine schöne Weihnachtszeit haben werdet.« Stella drückte Margrits Hand.

»Natürlich werden wir das. Bei Krankheit ist es umso wichtiger, einem Menschen Hoffnung, Zuversicht und Freude zu schenken.« Margrit bedachte Stella mit einem warmen Lächeln.

Sie war ein herzlicher Mensch, voller Liebe und Fürsorge. Stella hoffte, dass Hilde Margrit nicht allzu sehr vermissen und sie die Arbeit an ihrer Stelle ebenbürtig verrichten würde. Aber mit Luisa an ihrer Seite war sie guter Dinge. Ihre Tochter erwärmte mit ihrem sonnigen Gemüt jedes Herz.

Nach einem emotionalen Abschied von Margrit waren die zwei Frauen und das Mädchen schließlich allein im Haus. Stella ergriff das Wort.

»Ich sollte mich um das Abendessen kümmern. Hilde, worauf hast du Appetit?«

Die alte Dame winkte ab. »Jetzt macht es euch erst einmal in euren Zimmern gemütlich. Und dann lauft die paar Schritte zum Strand hinunter. Lulu möchte unbedingt das Meer sehen, nicht wahr, meine Kleine?«

»Oh ja!«, rief Luisa begeistert. »Hilde hat erzählt, dass es sogar einen Leuchtturm gibt, nicht weit von hier. Den könnten wir besuchen.«

»Aber danach wird gegessen«, sagte Stella. »Du musst bei Kräften bleiben, Hilde. Ich werde uns eine schöne Suppe kochen.«

Stella und Luisa schnappten sich ihre Koffer und Taschen und trugen sie in den ersten Stock hinauf. Margrit hatte die Zimmer schon behaglich hergerichtet. Die frische Bettwäsche duftete und auf den Kopfkissen lagen kleine Schokoladentäfelchen bereit wie im Hotel.

»Nicht nach dem Zähneputzen essen«, ermahnte Stella ihre Tochter mit erhobenem Zeigefinger.

Luisa lachte und steckte sich die Schokolade sofort in den Mund. Dann lief sie zum Fenster.

»Mama, Mama, sieh doch mal! Da unten ist das Meer! Wie hoch sich die Wellen aufbäumen! Und schau, wie schnell sie ans Ufer rollen. Können wir hinaus?«

»Gib mir noch einen Augenblick Zeit, um mich frisch zu machen. Dann gehen wir.«

In Luisas Zeitgefühl dauerte dieser Augenblick Stunden, doch tatsächlich waren es nur ein paar Minuten, bis Stella ihre kleine Tochter in Winterjacke und Gummistiefel steckte und mit ihr das Haus verließ.

Der Wind blies heftig und fegte wie ein Irrwisch durch die Natur. Blätter tanzten durch die Luft, das Meer grollte, es fühlte sich an, als zerrten tausend Hände an Kleidung und Haaren von Mutter und Tochter.

Doch Luisas Augen leuchteten vor Begeisterung. Das war endlich einmal etwas anderes als das langweilige Stadtleben! Wie ein junges Reh sprang sie am Strand entlang, so schnell, dass Stella Mühe hatte, ihr zu folgen.

Atemlos sog sie die frische, salzige Luft in ihre Lungen und fühlte sich auf einmal so lebendig wie schon lange nicht mehr.

»Mama, schau, da vorne ist der Leuchtturm!«, rief Luisa ebenso atemlos. Das hielt sie aber nicht davon ab, das Tempo noch zu beschleunigen.

Keuchend erreichte Stella den Leuchtturm kurz nach ihrer Tochter. Diese hopste bereits aufgeregt darum herum und begutachtete das majestätische Gebäude, das trotz des stürmischen Wetters und der hohen Wellen Ruhe und Beständigkeit ausstrahlte.

»Wie hübsch ein paar Sterne, Lichterketten und Weihnachtskugeln aussehen würden. Können wir den Leuchtturm schmücken?«, fragte Luisa.

»Das weiß ich nicht, Liebes. Wir müssten den Leuchtturmwärter fragen.«

»Ist das der Mann, der das Licht ein- und ausschaltet?«

»Genau.«

Luisa klopfte sogleich an die Tür, aber niemand öffnete.

»Vielleicht kommt der Wärter erst, wenn es dunkel ist«, sagte Stella.

»Aber wenn es dunkel ist, sind wir bei Hilde im Haus. Wie soll ich ihn denn dann fragen?«

»Was hältst du davon, wenn du ihm eine schöne Karte malst, auf die ich deine Frage schreibe und die bringen wir morgen vorbei?«, schlug Stella vor.

»Aber der Leuchtturm hat gar keinen Briefkasten«, sagte Luisa.

»Das macht nichts. Wir klemmen die Karte einfach an die Tür.«

»Der Wind wird sie davon wehen.«

»Dann suchen wir einen schweren Stein und legen die Karte darunter.«

»Das könnte klappen.« Luisa nickte zufrieden und willigte endlich ein, sich auf den Heimweg zu machen.

Es war nämlich ganz schön kalt. Mutter und Tochter stapften durch die Dünen, doch es dauerte nicht lange, bis Luisa etwas Neues entdeckte, das ihre Aufmerksamkeit fesselte.

»Mama, schau, ein Strandkorb.« Übermütig lief Luisa auf das windschiefe Ding zu.

Wo hatte das Kind nur diese Energie her? Luisa verfügte über beinahe grenzenlose Reserven, die sich eigentlich nur erschöpften, wenn es ans Aufräumen ihres Zimmers oder ans Zähneputzen ging.

»Mir scheint, als hätte das gute Stück hier jemand entsorgt«, sagte Stella.

Die Witterung hatte ziemliche Spuren an dem Strandkorb hinterlassen. Der einst rot-weiß gestreifte Stoff war ausgeblichen und zerschlissen, das Korbgeflecht an vielen Stellen aufgeplatzt. Alles in allem wirkte das Möbelstück wenig einladend auf Stella. Luisa hingegen sah das anders.

»Das ist ein magischer Strandkorb«, sagte sie überzeugt und kroch mit Freude in das wackelige Ding hinein.

»Und, denkst du, gleich kommt ein Prinz auf einem weißen Pferd dahergeritten?«, fragte Stella lachend.

Eine Möwe kam angeflogen und ließ sich neben Luisa auf dem Strandkorb nieder. Stella hatte schon von frechen Möwen gelesen, die Touristen gerne mal das Krabbenbrötchen oder die Eistüte aus der Hand rissen. Aber dieses Exemplar schien ganz zahm und freundlich zu sein.

»Hallo Möwe«, sagte Luisa. »Hast du Hunger?« Sie wühlte in ihrer Jackentasche. »Ich habe noch ein Bonbon. Es ist mein Letztes, aber ich schenke es dir.«

Die Möwe neigte den Kopf.

»Ich glaube nicht, dass Bonbons geeignetes Futter für Möwen sind«, sagte Stella.

»Aber bald ist Weihnachten. Da bekommt jeder Geschenke«, sagte Luisa.

»Aber du willst doch nicht, dass die Möwe Bauchweh bekommt, oder?«

Luisa senkte den Blick und schüttelte den Kopf.

»Wir werden in Hildes Küche bestimmt etwas Besseres finden. Und wenn wir morgen die Karte zum Leuchtturm bringen, bringen wir auch der Möwe ein Geschenk mit, was meinst du?«

»Ja, das tun wir. Versprochen, liebe Möwe.« Luisa lächelte den Vogel an und sprang auf.

»Nun aber schnell zurück zum Haus, Lulu. Ich habe schon Frostbeulen an den Füßen und meine Nase leuchtet so Rot wie die von Rudolf, dem Rentier«, sagte Stella.

»Rudolf, das kleine Rentier«, sang Luisa vergnügt und hopste voran zum Haus.

Stella folgte ihr, doch ein Schatten, den sie aus den Augenwinkeln wahrnahm, ließ sie innehalten. War es die Möwe gewesen, die aus dem Strandkorb geflogen war und sich nun majestätisch in die Luft erhob? Stella hielt sich schützend die Hand über die Augen, ihr Blick glitt über den Horizont. Nein, da war ein Mann, der einsam und allein den Strand entlang ging.

Selbst aus der Entfernung wirkte er unglücklich. Die Haltung gebückt, der Blick gesenkt. Stella spürte den Drang, zu ihm zu gehen und zu fragen, ob er etwas brauchte. Aber da rief Luisa nach ihr. Stella verwarf den Gedanken und eilte zu ihrer Tochter.

5

Zurück im Haus wollte Luisa gleich ins Wohnzimmer laufen, um Hilde von all ihren Abenteuern zu berichten.

»Deine Jacke, Lulu! Und zieh die Stiefel aus. Du machst doch alles schmutzig«, mahnte Stella.

Ratzfatz flogen die Kleidungsstücke durch die Luft. Zum Aufräumen blieb keine Zeit, schließlich gab es viel zu erzählen. Luisa stürzte zu Hildes Sessel und während Stella in der Küche eine kräftige Suppe zubereitete, konnte sie dem aufgeweckten Geplauder lauschen.

Hilde erklärte, dass es keinen Leuchtturmwärter mehr gab, sondern der Leuchtturm schon seit vielen, vielen Jahren automatisch betrieben wurde.

»Oh, dann kann ich ja gar nicht fragen, ob ich ihn schmücken darf«, sagte Luisa traurig.

»Mach es doch einfach. Ich bin mir sicher, dass keiner was dagegen hat. Manchmal muss man sich im Leben etwas trauen«, sagte Hilde. »Das macht Spaß! Außerdem schadest du niemandem damit.«

»Au ja! Dann werde ich morgen Kiefernzweige

sammeln und sie mit Strohsternen und roten Kugeln schmücken. Und ich habe eine Lichterkette mitgebracht, die gar keinen Strom braucht. Die funktioniert mit Sonnenlicht«, erzählte Luisa eifrig.

Stella lächelte in sich hinein. Hilde und Luisa – da hatten sich trotz des großen Altersunterschieds zwei Schwestern im Geiste gefunden. Die beiden schienen vollkommen verrückt nach Weihnachten zu sein. Bestimmt würde es Tage dauern, bis das Haus, der Leuchtturm und wahrscheinlich auch noch der Garten nach ihren Vorstellungen geschmückt waren. Aber gut, wenn es die beiden glücklich machte, machte es auch Stella glücklich.

Schnell huschte sie auf ein Wort ins Wohnzimmer hinüber.

»Hilde, wo möchtest du lieber zu Abend essen? Hier an dem großen Tisch oder in der Küche?«

»Sehr gerne in der Küche«, sagte Hilde. »Dann können Lulu und ich gleich besprechen, wie wir sie dekorieren werden, nicht wahr?«

Luisa nickte eifrig. »Wir brauchen einen Platz für die Adventskalender. Du musst heute noch fünf Türchen aufmachen, Hilde. Wenn du willst, helfe ich dir dabei.«

Stella verließ schmunzelnd das Wohnzimmer und deckte den Küchentisch. Es war wirklich ein gemütlicher Raum. Die weiß gebeizten Möbel waren handgemacht und mit kunstvollen Ornamenten und Griffen verziert. Dazu blau-weiß gestreifte Polster und Vorhänge, auch die Geschirrtücher, Tassen und Töpfe passten farblich perfekt dazu. Die Wände schmückten Fotos aus der Umgebung:

Der Leuchtturm, das Meer, ein adrettes Schlösschen auf einer Klippe.

Das Plätzchenbacken wird eine Freude sein an diesem Ort, dachte Stella. Glücklich ließ sie den Blick durch den Raum und aus dem Fenster schweifen. Sie spürte, dass es die richtige Entscheidung gewesen war, hierher zu kommen. Und sie freute sich darauf, schon bald den Zauber von Weihnachten in das Haus einziehen zu lassen.

Gerade, als Stella ins Wohnzimmer gehen wollte, um Hilde und Luisa zum Essen zu holen, standen die beiden plötzlich in der Küchentür. Die alte Dame stützte sich mit den Händen auf den Rollstuhl und benutzte ihn als Rollator.

»Aber Hilde, nicht doch. Ich …«, setzte Stella zu einer Ermahnung an und wollte Hilde zu Hilfe eilen.

Diese hob die Hand. »Alles in Ordnung. Ich habe den ganzen Tag gesessen. Ein paar Schritte tun mir gut, sonst roste ich noch völlig ein.«

Stella nickte, musterte Hilde aber kritisch. Sie wirkte so schwach und zerbrechlich.

Luisa hingegen betrachtete die Situation aus den sorglosen Augen eines Kindes.

»Zeigst du mir die Kiste mit den Plätzchenformen? Bitte!«, bettelte sie.

»Na, dann komm mal mit«, sagte Hilde lächelnd. »Dazu müssen wir in die Speisekammer. Die ist gleich hier neben der Küche.« Sie zeigte auf eine Tür.

Luisa flitzte hin und öffnete sie, Hilde folgte ihr langsam. »So, und jetzt lauf zum hintersten Regal und hol die Box am Boden hervor. Schaffst du das?«

»Natürlich schaffe ich das«, sagte Luisa und hievte den großen Karton bis in die Küche. Stella wollte ihn entgegennehmen, aber dafür war keine Zeit. Luisa schaute sofort hinein und machte große Augen.

»Sooo viele Plätzchenformen habe ich noch nie auf einmal gesehen«, sagte sie und ihre Stimme überschlug sich fast. »Schau mal, Mama. Eine Schnecke. Und ein Schaf. Sterne. Ein Auto.« Luisa wühlte in den Ausstechformen, als hätte sie eine Schatzkiste voller Gold vor sich.

Stella und Hilde warfen sich einen amüsierten Blick zu. Während des Abendessens redete Luisa von nichts anderem als vom Plätzchenbacken und von Weihnachtsschmuck. Auch ein Platz für die drei Adventskalender musste ausgewählt werden, was sich als gar nicht so leicht erwies. Mehrere Möglichkeiten wurden erwogen und verworfen, bis alle drei Kalender schließlich nebeneinander auf der Holzablage der Küchenbank standen.

Als Stella Luisa ins Bett brachte, war sie so erschöpft von diesem erlebnisreichen ersten Tag am Meer, dass sie nicht einmal eine Gute-Nacht-Geschichte hören wollte. Stella ließ die Zimmertür einen Spalt offen und ging zurück zu Hilde, die noch immer in der Küche saß und in der Tageszeitung blätterte.

»Sie ist auf der Stelle eingeschlafen«, sagte Stella. »Danke, dass du uns so herzlich in deinem Zuhause aufgenommen hast. Es fühlt sich gar nicht so an, als hätte ich heute einen neuen Job angetreten, sondern vielmehr, als würde ich eine lieb gewonnene Verwandte besuchen.« Sie legte Hilde kurz die Hand auf die Schulter, dann setzte sie sich auf die Eckbank.

»Darf ich dich noch um einen Gefallen bitten?«,

fragte Hilde mit einem schelmischen Funkeln in den Augen.

»Natürlich.«

»Bitte, sieh doch mal in die Anrichte in das mittlere Fach. Da steht eine Flasche Likör. Ich denke, zur Feier des Tages dürfen wir uns ein Gläschen genehmigen. Du darfst nur morgen Doktor Kiekbusch nichts davon erzählen.«

Stella zwinkerte Hilde zu. »Kleine Geheimnisse halten jung, ist es nicht so?«

Und so kam es, dass die beiden Frauen schon bald die Gläser klirrend aneinanderstießen und herrlich vertraut gemeinsam in der Küche saßen.

Hilde erzählte aus ihrem ereignisreichen Leben als Reisereporterin, das durch so manchen Schicksalsschlag gekennzeichnet war: früher Tod der Eltern und des Ehemannes, Verlust des ungeborenen Kindes, Krebserkrankung mit knapp fünfzig Jahren.

»Und dann habe ich dieses Haus hier gefunden und bin zur Ruhe gekommen«, sagte Hilde. »Leider konnte ich es nicht kaufen, aber nach einigen Jahren willigte Ingmar Kiekbusch ein, mir einen Mietvertrag auf Lebenszeit zu geben. Mir war das sehr wichtig. Ich hatte in meinem Leben so viel verloren, ich sehnte mich nach ein wenig Sicherheit.« Hilde hielt inne, nippte an ihrem Likör und hing einen Moment ihren Gedanken nach.

»Das kann ich gut verstehen«, sagte Stella.

»Ich hatte schöne Jahre hier«, fuhr Hilde fort. »Das Reisen ließ ich bleiben und konzentrierte mich auf das Schreiben von Büchern. In den Ferien kamen oft Freunde aus der ganzen Welt mit ihren Kindern zu Besuch und wir verbrachten wunderbare Tage am Meer. Und Weihnachten gab es jedes Jahr ein großes Fest mit den Freunden aus dem Ort. Aber mit dem Alter wird man einsam, vor allem, wenn man keine Familie hat. Nach meinem achtzigsten Geburtstag ging es Schlag auf Schlag. Einer nach dem anderen starb. Nun bin ich zweiundneunzig und halte allein die Stellung. Aber es geht bergab mit mir. Und seit ich immer öfter im Rollstuhl sitze, komme ich kaum mehr aus dem Haus.«

»Warum sitzt du denn im Rollstuhl?«, fragte Stella. »Bist du so schwach oder ist es vor allem die Angst, dass etwas passieren könnte?«

»Beides. Du musst wissen, Margrit ist sehr fürsorglich, aber manchmal denke ich mir, dass es vielleicht besser gewesen wäre, wenn sie mich nicht so in Watte gepackt hätte. Ich habe ein wenig das Vertrauen in meinen eigenen Körper verloren, verstehst du?«

»Ja, das verstehe ich sehr gut. Muskeln muss man benutzen, sonst verkümmern sie. Alter allein ist kein Grund, unbeweglich zu werden.« Mit einem Schaudern dachte Stella an die vielen alten Menschen in Pflegeheimen, die ruhiggestellt wurden, damit sie weniger Arbeit machten.

Margrit hatte zwar bestimmt nicht weniger Arbeit im Sinn gehabt, als sie Hilde in den Rollstuhl verfrachtet hatte, aber auch falsch gemeinte Fürsorge konnte Schaden anrichten.

»Ach ja, das Alter ist nichts für Feiglinge«, sagte Hilde. Bedächtig neigte sie den Kopf. »Ich habe Frieden mit meinem Leben geschlossen. Trotz aller Widrigkeiten war es wunderbar. Wir alle müssen diesen schönen

Planeten eines Tages verlassen. Aber vorher will ich noch einmal richtig Weihnachten feiern. Und es ist mir eine Ehre, dass du und Luisa bei mir sein werdet.« Hilde bedachte Stella mit einem dankbaren Lächeln. Eine Träne schimmerte in ihrem Augenwinkel.

»Es wird uns ein Fest sein«, sagte Stella und erhob das Glas. »Auf ein frohes, fröhliches Weihnachten!«

6

Es war mucksmäuschenstill im Haus. Trotzdem war Luisa aufgewacht. Die Zimmertür stand einen Spalt offen, aber es fiel kein Lichtschein herein.

Mama und Hilde mussten schon zu Bett gegangen sein. Wie spät es wohl war? Wahrscheinlich mitten in der Nacht. Was hatte sie geweckt? Ein Geräusch? Oder war es nur ein Traum gewesen?

Angestrengt lauschte Luisa in die Dunkelheit, doch es war nichts zu hören. Der Wind hatte aufgehört, an den Fensterläden zu rütteln, und anders als in der Stadt fuhren auch keine Autos vorbei.

Wenn Luisa ganz, ganz still war und so leise atmete, dass sie dabei kaum Luft bekam, dann konnte sie das Meer durch das geschlossene Fenster rauschen hören. Ein monotones Geräusch, dumpf, ohne Höhen und Tiefen. Davon war sie bestimmt nicht aufgewacht. Viel mehr würde sie schnell wieder einschlafen, wenn sie sich darauf konzentrierte.

Luisa schloss die Augen und achtete auf die Wellen.

Sie stellte sich vor, wie sie langsam und träge an den Strand rollten, eine nach der anderen. Schon bald spürte sie, wie die Müdigkeit in sie hineinkroch und ihr Körper immer schwerer und schwerer wurde. Sie gähnte und kuschelte sich unter die warme Daunendecke.

Klack.

Klack, klack.

Luisa schreckte hoch. Also doch. Ein Geräusch, sie hatte sich nicht getäuscht. Aber woher kam es? Sie setzte sich auf und machte die Nachttischlampe an. Ihre Augen mussten sich erst an das Licht gewöhnen, da erklang das Geräusch erneut.

Klack.

Klack, klack.

Es musste vom Fenster kommen! Luisa sprang aus dem Bett, tapste barfuß über den flauschigen Teppich und zog die Vorhänge zurück. Sie verspürte keine Sekunde lang Angst, nur Neugierde. War es etwa der Weihnachtsmann, der um Einlass bat?

Auf dem Fensterbrett saß eine Möwe. Nicht irgendeine Möwe, sondern die Möwe vom Strandkorb. Luisa wusste es sofort, obwohl sie keine besondere Erfahrung mit dieser Art von Vögeln hatte. Aber der kluge Blick des Tieres war einzigartig. Als würde sie ein sehr, sehr alter, weiser Zauberer ansehen.

»Hallo Möwe, das ist aber schön, dass du mich besuchst«, sagte Luisa und öffnete das Fenster. »Willst du hereinkommen?«

Die Möwe schüttelte den Kopf. Auf jeden Fall machte sie eine Bewegung, die so aussah, als würde sie den Kopf schütteln.

»Oh, du bist hier, um dein Geschenk abzuholen«, sagte Luisa. »Du hast Angst, dass ich dich vergesse und es dir nicht vorbeibringe. Das musst du aber nicht. Versprochen ist versprochen.«

Wieder schüttelte die Möwe den Kopf.

Luisa betrachtete den Vogel nachdenklich. »Hm, wenn es das auch nicht ist, dann weiß ich nicht, was ich für dich tun kann. Wenn du doch nur reden könntest.«

»Sieben Taler dreimal Gutes, ein Leben lang voll frohen Mutes«, krächzte die Möwe.

Dann breitete sie die Flügel aus und flog davon. Luisa rieb sich die Augen und starrte ihr hinterher, aber anders als in der Stadt brannten hier draußen am Land keine Lampen und der Vogel wurde sofort von der Dunkelheit verschluckt.

Ich muss träumen, dachte Luisa. Möwen können nicht sprechen. Und warum sollten sie so einen Unsinn erzählen?

»Sieben Taler dreimal Gutes, ein Leben lang voll frohen Mutes«, wiederholte sie die eigenartigen Worte.

Nein, das ergab keinen Sinn. Plötzlich fühlte sich Luisa so müde, dass sie nur noch zurück ins Bett wollte. Sie schloss das Fenster, die Vorhänge ließ sie offen. Dann legte sie sich ins Bett und schlief auf der Stelle ein.

7

»Guten Morgen, Herzchen. Hast du gut geschlafen?« Stella setzte sich ans Bett ihrer Tochter und strich ihr die zerzausten blonden Haare aus der Stirn.

»Mmmhhmmm«, brummte Luisa und streckte sich genüsslich.

Die Wintersonne warf warme Strahlen auf das Bett. Stella schaute zum Fenster.

»Seltsam. Ich dachte, ich hätte gestern die Vorhänge zugezogen«, sagte sie.

»Ich hatte Besuch«, sagte Luisa.

»Besuch?« Stella runzelte die Stirn. »Mitten in der Nacht? War das etwa der Weihnachtsmann?«

»Nein, die Möwe vom Strandkorb war da. Sie hat mit ihrem Schnabel gegen das Fenster geklopft. Ich dachte, dass sie friert und deswegen ins Haus will. Aber sie wollte mir etwas sagen.«

»Die Möwe wollte dir etwas sagen?« Stella runzelte skeptisch die Stirn.

Noch einmal legte sie die Hand auf die Stirn ihrer

Tochter. Hatte das Mädchen etwa Fieber? Gerade eben hatte sich Luisas Gesicht nicht heiß angefühlt. Aber vielleicht hatte sie sich gestern in der kühlen, stürmischen Seeluft erkältet.

»Sieben Taler dreimal Gutes, ein Leben lang voll frohen Mutes«, sagte Luisa.

Stella kratzte sich an der Schläfe. Was redete Luisa da nur?

»Du musst geträumt haben, Schätzchen. Das ergibt alles überhaupt keinen Sinn.«

»Ich habe nicht geträumt, Mama. Ganz sicher nicht. Die Möwe war wirklich da. Du musst mir glauben.«

»Ich glaube dir, mein Schatz. Aber ich weiß beim besten Willen nicht, was der Spruch zu bedeuten hat.« Stella nahm sich vor, ihre Tochter heute gut im Auge zu behalten. Vielleicht war sie doch krank.

»Hilde könnte es wissen«, sagte Luisa und sprang aus dem Bett. »Kann ich sie fragen?«

»Später, Liebes. Hilde fühlt sich heute nicht so gut. Sie möchte noch ein wenig liegen bleiben.«

Stella hatte der alten Dame bereits eine Tasse Tee gebracht, Medikamente verabreicht und Blutdruck gemessen. Sie war sehr schwach an diesem Morgen, aber Doktor Kiekbusch würde später vorbeikommen und nach ihr sehen.

Luisa machte ein trauriges Gesicht, doch dann verzogen sich ihre Lippen zu einem Lächeln.

»Wir könnten die Küche schmücken. Und das Wohnzimmer. Wenn Hilde das sieht, geht es ihr bestimmt gleich viel besser.«

»Das ist eine großartige Idee, Lulu. Aber erst geht's ab ins Badezimmer und dann wird gefrühstückt.«

Stella war bereits in aller Früh aufgestanden und zum Bäcker im Ort gefahren, um Hilde mit einem schönen Frühstück zu überraschen. Die alte Dame hatte gestern kaum etwas von der Suppe gegessen. Doch auch heute Morgen biss sie nur aus gutem Willen in das Marmeladenbrötchen und kaute ohne großen Appetit. Das musste sich auf jeden Fall ändern, sonst würde Hilde gar nicht mehr zu Kräften kommen.

Luisa hingegen verschlang ihr Frühstück, als hätte sie drei Wochen hungernd in der Wüste verbracht. Und wie sie sich über ihr Nikolauspaket freute! Stella hatte nur ein paar Kleinigkeiten besorgt, weil sie nichts davon hielt, ein zweites Weihnachten aus dem Tag zu machen. Aber anscheinend trafen die süßen Mandarinen, der Schokoladennikolaus und das Heft mit bebilderten Ponygeschichten genau Luisas Geschmack. Sie verdrückte zwei der Mandarinen, während sie in der Zeitschrift blätterte. Danach war sie voller Energie und wollte unbedingt auf den Dachboden, um die Kartons mit dem Weihnachtsschmuck zu holen.

Stella vergewisserte sich bei Hilde, dass das in Ordnung war und machte sich mit Luisa auf den Weg nach oben. Für das Mädchen war es das reinste Abenteuer, die Luke zu öffnen und auf der Leiter nach oben zu klettern, um den dämmrigen Dachboden zu erkunden. In den mageren Lichtstrahlen, die durch zwei kleine Bullaugen fielen, tanzten Staubkörner. Spinnweben zierten Ecken und allerhand Gerümpel. Doch Luisa ließ sich davon nicht beeindrucken und flitzte zwischen ausrangierten Möbeln, klapprigen Koffern und jeder Menge Kisten über den knarrenden Holzboden.

»Da! Das müssen die Kartons mit dem Weihnachtsschmuck sein!«, rief sie aufgeregt. »Es sind Sterne aufgemalt. Und ein Tannenbaum.«

»Sehen wir nach«, sagte Stella und öffnete einen der Kartons. Rote und goldene Weihnachtskugeln funkelten darin.

»Und hier sind Strohsterne. Schau, wie schön!«, sagte Luisa, die sich an einem anderen Karton zu schaffen gemacht hatte.

»Ich würde sagen, wir bringen die Sachen nach unten und sehen sie in Ruhe durch. Danach können wir entscheiden, wie wir das Haus schmücken«, schlug Stella vor.

Sie passte auf, dass Luisa die Leiter sicher hinunterkletterte, dann trug sie einen Karton nach dem anderen nach unten.

»Hilde, Hilde! Wir haben den Weihnachtsschmuck vom Dachboden geholt«, hörte Stella die Stimme ihrer Tochter.

Herrje, war Hilde etwa ganz allein aufgestanden? Stella stürzte mit dem letzten der fünf Kartons in der Hand die schmale Treppe zum Erdgeschoss hinab. Hilde stand sichtlich schwach, aber mit einem breiten Lächeln im Gesicht im Flur.

»Das ist wunderbar, liebe Lulu. Gefallen dir die Sachen denn?«

»Und wie!« Luisa strahlte wie ein Honigkuchenpferd.

»Hilde, warum hast du nicht nach mir gerufen?«,

fragte Stella mit vorwurfsvoller Stimme. »Ich bin doch hier, um dir zu helfen.«

»Alles gut«, sagte sie, während ihre Hand an einer Kommode Halt suchte. »Ein wenig muss ich mich doch bewegen, sonst kann ich mich gleich in einen Sarg legen und eingraben lassen.«

»Na, na, so weit kommt's noch«, sagte Stella. »So lange ich mich um dich kümmere, wird hier niemand begraben.« Sie eilte zu Hilde und führte sie ins Wohnzimmer zu ihrem Ohrensessel am Fenster. »Möchtest du etwas essen oder trinken?«

»Nein, danke. Bald wird der Doktor kommen. Vielleicht macht mich seine Medizin ein wenig munter.«

»Medizin?« Stella zog fragend die Augenbrauen nach oben.

Sie hatte bereits Hildes Medikamente durchgesehen – ein üppiges Potpourri, für ihren Geschmack ein wenig zu üppig – und fand es seltsam, dass dazu noch weitere Medikamente kamen.

»Aufbauspritzen«, sagte Hilde. »Angeblich nicht ganz billig, aber was tut man nicht alles für die Gesundheit. Zum Glück zahlt das die Krankenkasse.«

»Hm«, machte Stella und stopfte Hilde ein Kissen in den Rücken.

Was sollten das für Aufbauspritzen sein? Sie würde den Doktor später fragen. Sie wollte Hilde gerade eine Decke über die Knie legen, da wurde es plötzlich dunkel vor dem Fenster. Zwei riesige, schwarz glänzende Raben hatten sich auf dem Fensterbrett niedergelassen und sahen ins Wohnzimmer. Stella bekam beim Anblick dieser Galgenvögel eine Gänsehaut. Ihr schien es, als blickte sie den Dienern des Teufels direkt in die Augen.

Hilde bemerkte Stellas Unbehagen.

»Ach, die zwei Halunken schauen öfter bei mir vorbei«, sagte sie. »Immer dann, wenn die Brüder Kiekbusch auftauchen. Vorboten der Hölle.« Hilde kicherte wie ein junges Mädchen.

Unterdessen klingelte es an der Tür.

»Na, sag ich doch.« Hilde wackelte mehrmals mit dem Kopf. »Das werden die beiden sein.«

8

Stella ging zur Tür und öffnete. Zwei Männer standen davor, einer mit weißem Kittel über dem Anzug und Arzttasche in der Hand, der andere rustikal im Blaumann.

»Guten Tag, Sie müssen die Herren Kiekbusch sein. Ich bin Stella, Hildes neue Pflegekraft. Und das ist meine Tochter Luisa.« Sie deutete auf das Mädchen, das noch immer in den Kartons mit dem Weihnachtsschmuck wühlte und nun neugierig den Kopf hob.

Stella nickte ihr auffordernd zu. Luisa hob zurückhaltend die Hand und piepste ein leises Hallo.

Die beiden Männer deuteten eine Verbeugung an und stellten sich vor.

»Eugen Kiekbusch«, sagte der Arzt und reichte Stella förmlich die Hand.

»Ingmar Kiekbusch«, wiederholte sein Bruder die Prozedur.

Es wurden ein paar Höflichkeiten ausgetauscht, dann bat der Doktor darum, seine Patientin sehen zu dürfen.

Sein Bruder wollte sich draußen im Garten nützlich machen.

Stella führte den Arzt ins Wohnzimmer. Die Raben saßen noch immer am Fenster und starrten herein.

»Was sind das für gruselige Vögel, Mama?«, flüsterte Luisa.

»Keine Sorge, mein Kind, das sind nur zwei Raben. Sie fliegen bestimmt bald wieder fort.« Stella strich ihrer Tochter übers Haar.

Doktor Kiekbusch legte Hilde die Blutdruckmanschette um den Arm und notierte die Werte in einem Büchlein. Danach hörte er Herz und Lunge ab und befragte Hilde zu ihrem Befinden.

»Schwach«, sagte Hilde. »So schwach. Da oben bin ich topfit.« Sie tippte an ihren Kopf. »Aber meine alten Knochen, die wollen einfach nicht mehr.«

»Das haben wir gleich, Frau Linnenbürger. Eine kleine Aufbauspritze, und schon geht es besser.«

»Also, ich weiß nicht. Wirklich zu helfen scheinen sie ja nicht«, sagte Hilde.

»Geduld, meine Liebe, Geduld!« Eugen Kiekbusch hob belehrend den Zeigefinger. »Genesung braucht Zeit.«

»Zeit? Ich bin zweiundneunzig Jahre alt. Wenn ich etwas nicht mehr habe, dann Zeit.« Hilde seufzte.

»Was ist denn in diesen Aufbauspritzen enthalten?«, erkundigte sich Stella.

»Betriebsgeheimnis«, sagte der Arzt und lächelte.

Ein verschlagenes Lächeln, wie Stella fand. Sie hatte kein gutes Gefühl und wollte sich mit dieser Antwort nicht zufriedengeben.

»Wenn ich Hilde optimal betreuen soll, muss ich

wissen, welche Medikation sie erhält.« Stella verschränkte die Arme vor der Brust.

Eugen Kiekbusch trat einen Schritt auf sie zu.

»Zweifeln Sie an meiner Kompetenz als Arzt?« Seine Augen funkelten boshaft.

Irritiert wich Stella zurück. Warum diese Feindseligkeit? Es war das Normalste der Welt, als Pflegerin die Medikamente eines Patienten zu kennen.

»Bitte, kein Streit wegen mir. Rein mit der Spritze und gut ist. Lulu und ich wollen endlich das Haus schmücken, nicht wahr, meine Kleine?« Hilde schenkte Luisa ein strahlendes Lächeln.

»Nun gut. Wenn Sie uns dann bitte allein lassen würden?« Eugen Kiekbusch schaute erst Stella an und warf dann einen Blick zur Tür.

Da stimmt etwas ganz und gar nicht, dachte Stella.

Aber sie nahm Luisa an die Hand und verließ das Wohnzimmer. Alles andere hätte in diesem Moment nichts gebracht.

»Ich mag den Mann nicht«, tat Luisa unverhohlen kund. »Und den anderen auch nicht.«

»Psst, Süße, nicht so laut«, sagte Stella und hielt sich einen Finger vor die Lippen. »Man spricht nicht schlecht über andere Leute.«

Insgeheim stimmte sie ihrer Tochter aber zu. Die Herren Kiekbusch waren alles andere als sympathisch. Es waren nicht unbedingt Äußerlichkeiten, die Stella zu diesem Urteil bewogen, sondern vielmehr die kalte Aura, die die Brüder umgab. Die beiden Männer strahlten weder Herzlichkeit noch Wärme aus, ihre Freundlichkeit wirkte aufgesetzt und oberflächlich.

Umso wichtiger war es, das Haus in eine Weihnachtsoase zu verwandeln. Hier war kein Platz für Dunkelheit und schlechte Laune, für Missgunst und Traurigkeit. Entschlossen nahm Stella eine Girlande aus künstlichen Tannenzweigen aus dem Karton, die mit Lichtern und kleinen Glocken geschmückt war.

»Was hältst du davon, wenn wir die am Rahmen der Küchentür anbringen?«, fragte sie Luisa.

»Ja, das sieht bestimmt schön aus«, stimmte ihre Tochter dem Vorschlag zu.

Also kletterte Stella auf eine Trittleiter und befestigte unter Luisas strengem Blick und zahlreichen kritischen Anweisungen (höher, straffer, nicht so straff, niedriger) das Schmuckstück am Türrahmen. Luisa schnappte sich den Stecker und steckte ihn in die Steckdose. Hundert kleine Lichtlein begannen gleichzeitig zu leuchten.

Wie festlich das gleich wirkte!

»Gibt es noch mehr davon?«, fragte Luisa. »Wir könnten alle Türen damit schmücken. Es sieht aus wie im Märchen.«

Stella nahm ihre kleine Tochter in den Arm und gemeinsam betrachteten sie das Werk. Es strahlte tatsächlich etwas Märchenhaftes aus. Ein Luftzug ließ ein paar der Glöckchen klingeln und verstärkte den Effekt.

Lange hielt der Zauber allerdings nicht an, denn es war Eugen Kiekbusch, der den Luftzug verursacht hatte, als er aus dem Wohnzimmer kam. Mit griesgrämiger Miene verabschiedete er sich.

»Halt, bitte warten Sie«, sagte Stella verdutzt. »Wie geht es Hilde?«

»Sie braucht Ruhe«, sagte der Arzt wortkarg.

»Aber was fehlt ihr denn genau?«, hakte Stella nach.

»Der Zahn der Zeit nagt an ihr. Das Alter. Die Vergänglichkeit. Bereiten Sie ihr eine schöne Zeit bis Weihnachten. Es wird ihr letztes sein.« Nach diesen harten Worten verließ der Arzt ohne einen weiteren Gruß das Haus.

»Liebe Lulu, such doch mal ein paar besonders hübsche Sterne aus, mit denen wir die Küche dekorieren können, ja? Mami muss schnell nach Hilde sehen.«

»Ist Hilde tot?«, fragte das Mädchen mit großen Augen.

»Nein, natürlich nicht. Sie ist nur ein bisschen müde.« Stella strich ihrer Tochter über den Kopf und ging ins Wohnzimmer.

»Wie geht es dir?« Sie legte Hilde sanft die Hand auf den Arm.

»Ganz gut, danke. Aber ich glaube, ich sollte mich noch ein wenig hinlegen. Ein paar Stunden Schlaf wirken oft Wunder.« Die alte Frau lächelte, aber Stella sah, wie schwer es ihr fiel.

Sie würde Hilde vorschlagen, eine zweite Meinung bei einem anderen Arzt einzuholen. Aber nicht jetzt. Jetzt brauchte Hilde erst einmal Ruhe.

9

Das Meer rollte in langsamen Wellen gemütlich an den Strand. Kein Vergleich zum Vortag, an dem der Sturm das Wasser wild ans Ufer gepeitscht hatte. Während Luisa fröhlich durch die Dünen hüpfte, schleppte Stella eine große Umhängetasche mit Kiefernzweigen und allerhand Weihnachtsschmuck zum Leuchtturm.

Luisa trug lediglich ihren kleinen, rosaroten Einhorn-Rucksack auf dem Rücken, in dem sie das Geschenk für die Möwe gepackt hatte: einen Rollmops und ein gekochtes Ei. Aber erst musste der Leuchtturm geschmückt werden.

»Mama, wo bleibst du denn?«, rief Luisa ungeduldig.

Stella stapfte schnaufend zu ihrer Tochter.

»Mein liebes Kind, du hast mich vollgeladen wie einen Packesel. Ich schleppe einen halben Wald mit mir herum. Und dazu noch zwei Tonnen Weihnachtsschmuck.« Ächzend ließ sie die schwere Ladung von den Schultern sinken.

»Wie viel wiegt eine Tonne?«, fragte Luisa.

»Tausend Kilo.«

»Dann bist du ziemlich stark.« Luisa grinste und schlang spontan die Arme um ihre Mutter.

Stella überflutete eine Welle aus Liebe und Zuneigung. Für ihre Tochter würde sie bis ans Ende der Welt laufen. Kein Weg wäre ihr zu weit, keine Last zu schwer. Luisa hingegen war weit weniger ergriffen als Stella, sondern löste sich geschwind aus der Umarmung und begann, die Kiefernzweige aus der Tasche zu holen.

»Wir ziehen dem Leuchtturm ein Kleidchen an. Grün und Rot und Gold.« Ihre Augen leuchteten vor Freude.

Stella knotete eine kräftige Paketschnur an eine Metallöse, die aus der Mauer ragte und wickelte die Schnur mehrmals um den Leuchtturm. Diese sollte als Befestigung für die Zweige dienen. Nachdem sich Stella vergewissert hatte, dass die Vorrichtung fest genug gespannt war, fingen Luisa und sie an, Kiefernzweige hineinzustecken. Nach und nach bekam der Leuchtturm ein grünes Röckchen, das ihm ganz hervorragend stand. Und wie hübsch er erst aussah, als auch noch unzählige kleine Glöckchen und Weihnachtskugeln daran glitzerten und funkelten!

»Puh, das war anstrengend«, sagte Luisa.

»Aber es hat sich gelohnt. Sieh nur, wie hübsch und festlich das aussieht!« Stella zückte ihr Smartphone, um ein Foto zu schießen.

Sie wollte es später Hilde zeigen. Bestimmt würde die alte Dame ihre Freude daran haben. Und wer weiß, vielleicht weckte das Bild die Neugier und die Lebenskräfte der angeschlagenen Patientin. Es wäre schön, schon bald einen kleinen Ausflug mit ihr an den Strand zu unternehmen. Frische Luft war ein unterschätztes Heilmittel, vor allem, wenn es sich um Meerluft handelte.

»Mami, schau mal, ich glaube, die Möwe ist da.« Luisa deutete zum Strandkorb.

Stella kniff die Augen zusammen, konnte aber keinen Vogel erkennen.

»Hm, ich weiß nicht, ob die Möwe da ist, Liebes. Aber wenn du willst, lauf schon mal voraus. Ich räume hier noch auf, dann komme ich nach.«

Das ließ sich Luisa nicht zweimal sagen. Sie schnappte sich ihren Rucksack und hopste übermütig Richtung Strandkorb. Stella verstaute den restlichen Weihnachtsschmuck in ihrer großen Umhängetasche und wollte ihrer Tochter folgen, doch da sah sie den Mann, der ihr auch gestern schon aufgefallen war.

Wieder drückte seine gebückte Haltung Unbehagen aus, wieder war sein Blick gesenkt. Hatte der Mann Schmerzen? Trauerte er? Brauchte er Hilfe?

Sie würde ihn fragen, beschloss Stella. Und zwar jetzt. Mit einem kurzen Blick zum Strandkorb vergewisserte sie sich, dass es ihrer Tochter gut ging, dann stapfte sie durch den Sand auf den Mann zu.

Er blickte nur kurz auf, als er Stella auf sich zukommen sah, dann senkte er sofort wieder den Blick und marschierte weiter.

»Halt, bitte warten Sie«, sagte Stella.

Der Mann blieb stehen und beobachtete, wie Stella lächelnd auf ihn zutrabte.

»Bitte entschuldigen Sie, dass ich Sie einfach so überfalle. Aber ich habe Sie gestern schon gesehen und, na ja, ich frage mich, ob es Ihnen gut geht. Sie wirken so traurig, wissen Sie«, sagte Stella.

Der Blick des Mannes traf sie mitten ins Herz. Noch nie hatte sie in so blaue Augen gesehen. Aber es war gar nicht die Farbe, die sie so sehr beeindruckte, es war die Tiefe dieses Blicks, die sie verzauberte.

Stella fühlte sich gesehen. Nicht oberflächlich betrachtet oder aufdringlich gemustert. Sie fühlte sich wirklich gesehen, so, wie sie war, mit all ihren Makeln und ihren Vorzügen. Stella konnte sich nicht daran erinnern, dass ein Mann sie jemals so angesehen hatte. Plötzlich fühlte sie sich nackt – und ein wenig dämlich.

Was hatte sie sich nur dabei gedacht, den Mann einfach anzureden?

»Danke, aber mir geht es gut«, sagte der mysteriöse Fremde schließlich.

Seine Stimme wirkte ebenso magisch auf Stella wie der Blick in seine Augen. Wer war dieser Mann? Seine Kleidung war verschlissen, er machte einen geradezu ärmlichen Eindruck. Aber trotzdem schien er von innen heraus zu strahlen, als würde er ein ganzes Königreich unter seinem löchrigen Mantel verbergen, das ihm Souveränität und Stärke verlieh.

»Oh, ähm, das ist schön«, stammelte Stella.

»Und wie geht es Ihnen?«, fragte der Mann.

»Mir?«, fragte Stella überrascht.

Sie war es nicht gewohnt, dass sich jemand nach ihrem Befinden erkundigte. Sowohl ihr Beruf als auch ihr Naturell brachten es mit sich, dass sie sich stets um die Sorgen der anderen kümmerte und nicht um ihre eigenen.

»Mir geht es gut, danke. Ich habe mit meiner Tochter Luisa den Leuchtturm geschmückt. Es ist herrlich, hier am Meer zu sein.« Sie lächelte.

»Ja, das ist es«, sagte der Mann. »Auf Wiedersehen. Ich wünsche Ihnen noch einen schönen Tag.« Der Fremde nickte, dann ging er mit gesenktem Blick davon.

»Den wünsche ich Ihnen auch. Mein Name ist übrigens Stella«, rief sie ihm hinterher.

Aber sie war sich nicht sicher, ob er sie noch gehört hatte.

10

»Jetzt hast du die Möwe verpasst, Mama.« Luise schaute Stella vorwurfsvoll an.

»Tut mir leid, Lulu. Hat sie sich denn über dein Geschenk gefreut?«

»Ja, ich glaube schon. Mit wem hast du geredet?«

»Nur ein Spaziergänger«, sagte Stella.

Doch schon während sie das sagte, wusste sie, dass sie sich selbst in die Tasche log. Dieser Mann war nicht *nur* ein Spaziergänger. Auf jeden Fall nicht für sie. Er war etwas ganz Besonderes und sie hätte sich gerne länger mit ihm unterhalten. Ob sie ihn noch mal wiedersehen würde?

Gedankenverloren ging Stella an der Seite ihrer plappernden Tochter zurück ins Haus.

»Kann ich Hilde das Foto vom Leuchtturm zeigen?«, fragte das Mädchen aufgeregt, kaum war die Tür hinter ihnen ins Schloss gefallen.

»Erst Schuhe aus und Hände waschen«, mahnte Stella.

Gemeinsam klopften sie schließlich an Hildes Zimmertür.

»Nur herein, meine Lieben«, erklang die Stimme der alten Frau.

Sie bemühte sich, fröhlich zu klingen, aber Stella hörte die Schwäche deutlich heraus. Luisa hingegen sprang voller Übermut an ihr Bett.

»Wir haben den Leuchtturm geschmückt und Fotos gemacht, damit du es auch sehen kannst«, sagte Luisa.

Stella reichte Hilde das Smartphone mit den Bildern.

»Das habt ihr toll gemacht«, sagte sie. »Wunderschön.«

»In echt sieht es noch besser aus. Wir könnten morgen alle gemeinsam hingehen«, sagte Luisa.

Hilde lächelte. »Das wäre schön.«

In den Worten der alten Frau klang Sehnsucht mit, aber auch das Wissen, dass sie zu schwach für eine Unternehmung dieser Art sein würde.

»Jetzt ist es erst einmal Zeit für das Mittagessen«, sagte Stella. »Möchtest du aufstehen, Hilde?«

»Nein, ich bleibe lieber noch im Bett. Vielleicht möchte Lulu mir ja Gesellschaft leisten und ein wenig von eurem Ausflug erzählen?«

»Au ja. Ich bin wieder zum magischen Strandkorb gelaufen und habe der Möwe Geschenke gebracht«, berichtete Luisa.

»Magischer Strandkorb?« Hilde zog fragend die Augenbrauen in die Höhe.

Luisa begann freudig zu erzählen und Stella zog sich leise aus dem Zimmer zurück, um sich in der Küche ans Werk zu machen. Während sie Gemüse schälte und

Kartoffeln kochte, drifteten ihre Gedanken immer wieder zu dem attraktiven Fremden.

Wobei, viel mehr als seine Augen hatte sie eigentlich nicht gesehen. Er hatte die Kapuze des Mantels tief ins Gesicht gezogen gehabt und auch sonst hatte das unförmige Kleidungsstück seinen ganzen Körper bedeckt. Nur einen Blick auf ein Paar ausgetretene Schuhe hatte sie erhaschen können.

Trotzdem fand Stella den Mann so anziehend wie lange keinen zuvor. Es musste an diesem inneren Leuchten liegen, das ihm eine geradezu magische Aura verliehen hatte.

Der Eintopf köchelte mittlerweile vor sich hin und Stella ging zu Hilde und Luisa, die sich noch immer unterhielten.

»Wo möchtest du essen, Hilde? Im Wohnzimmer oder lieber in der Küche?«, fragte Stella.

»Wenn es dir nichts ausmacht, würde ich gerne liegen bleiben. Mir reicht eine ganz kleine Portion.« Hilde lächelte schwach.

Wieder überkam Stella dieses ungute Gefühl, das sie nicht so recht einordnen konnte, das aber mit diesem sonderbaren Arzt Eugen Kiekbusch zusammenhing. Etwas stimmte hier nicht. Hilde hatte keine Diagnose, die ihren schlechten Zustand rechtfertigen würde. Alter allein war schließlich keine Krankheit.

»Gut, ich mache dir eine kleine Portion zurecht. Lulu, komm. Du hast bestimmt auch Hunger.« Stella hob ihre Tochter von der Bettkante.

»Mama, darf ich ein bisschen fernsehen?«, fragte Luisa auf dem Weg in die Küche.

»Wenn du aufgegessen hast. Aber nur eine halbe Stunde.«

So schnell konnte Stella gar nicht schauen, da hatte Luisa ihren Teller schon leergeputzt.

Lächelnd servierte sie Hilde das Essen.

»Brauchst du Hilfe? Oder möchtest du lieber allein sein?«, fragte sie die alte Dame und stellte das Kopfteil des Bettes hoch.

»Ich würde mich freuen, wenn du mir ein wenig Gesellschaft leistest«, sagte Hilde. »Erzähl mir ein wenig von dir.«

»Ach, da gibt es nicht viel zu erzählen«, sagte Stella.

»Na, das glaube ich nicht. Du hast einen tollen Job, eine wunderbare Tochter – und du bist jung. Was macht die Liebe?« Hilde grinste verschmitzt.

»Ich sollte Lotto spielen«, sagte Stella. »Wenn der Spruch ›Pech in der Liebe, Glück im Spiel‹ stimmt, dann müsste ich den Jackpot knacken.«

»Oh je, so schlimm?« Hilde führte vorsichtig einen Löffel Eintopf an ihre Lippen. »Mhm, das schmeckt sehr gut. Da Liebe bekanntlich durch den Magen geht, solltest du das Kapitel noch nicht abhaken.«

»Na ja, alleinerziehend und berufstätig sind nicht die besten Voraussetzungen für die Liebe«, sagte Stella. »Aber das ist schon in Ordnung. Lulu kommt sowieso an erster Stelle.«

»Darf ich fragen, was mit ihrem Vater ist?« Hilde ließ die Hand mit dem Löffel auf das Tablett sinken. Sie schien schon wieder den Appetit zu verlieren.

»Darfst du. Wenn du noch einen Löffel isst«, sagte Stella mit liebevoller Strenge.

»Es schmeckt wirklich köstlich. Aber …«

»Einen Löffel, Hilde. Bitte.«

»Na gut. Überredet.« Brav schlürfte sie noch ein wenig Eintopf.

Im Gegenzug erzählte Stella von Frank, Luisas Vater.

»Wir haben uns auf einem Konzert kennengelernt. Frank ist Musiker und spielte mit seiner Band in einer Kneipe. Ich wollte eigentlich gar nicht hingehen, aber eine Freundin hat mich überredet. Na ja, wir haben ein bisschen was getrunken und die Musik war gut und wir haben getanzt – und irgendwie muss ich Frank aufgefallen sein. In der Pause hat er mich angesprochen und wir haben gemeinsam etwas getrunken. Dann haben wir die Nacht miteinander verbracht.«

»Oh, là, là!« Hilde schnalzte mit der Zunge.

»Nein, nein. Nicht, was du denkst«, sagte Stella lachend. »Wir sind durch die Stadt gelaufen, haben den Sternenhimmel bewundert und im Park getanzt. Es war wunderschön. Ich dachte wirklich, ich hätte den Richtigen gefunden.« Stella seufzte. »Aber Frank ist ein Träumer. Das echte Leben ist nichts für ihn. Verantwortung löst Panik bei ihm aus. Er hat mich noch vor Luisas Geburt verlassen und mir klipp und klar gesagt, dass er nichts mit seiner Tochter zu tun haben will.«

»Zahlt er wenigstens Unterhalt?«, fragte Hilde.

»Wovon? Er kann sich ja selbst kaum über Wasser halten.« Stella zuckte mit den Schultern. »Aber wir kommen zurecht. Sorgen macht mir vielmehr, dass Lulu immer öfter nach ihrem Papa fragt. Ich will sie nicht anlügen – aber die Wahrheit kann ich ihr auch nicht sagen. Das wäre grausam.«

»Kinder halten viel mehr aus, als wir denken«, sagte Hilde. »Wenn du die Wahrheit kindgerecht verpackst, wird sie besser damit zurechtkommen, als wenn in ein paar Jahren ein Lügengebäude zusammenbricht.«

»Ja, das sehe ich auch so. Aber es fällt mir trotzdem schwer. Es wäre schön, wenn Luisa einen Papa hätte.«

»Was nicht ist, kann ja noch werden«, sagte Hilde. »An Weihnachten ist schon so manches Wunder passiert.«

11

Die nächsten Tage vergingen wie im Flug. Luisa und Stella verwandelten das Haus in ein Weihnachtsmärchenland. Kein einziger Stern blieb im Karton zurück, kein einziges Lichtlein blieb dunkel. In jeder Ecke und Nische des Hauses funkelte und glitzerte es, dass es eine wahre Freude war.

Hilde kam durch die gute Pflege von Stella etwas zu Kräften. Stella bestand darauf, dass Hilde regelmäßig aß. Und sie ermutigte sie dazu, wieder mehr herumzulaufen. Auch Luisas unermüdliche Heiterkeit trug zu Hildes Genesung bei.

Und natürlich der Weihnachtszauber, der auch Hildes Herz nicht unberührt ließ. Ihre Augen leuchteten, wenn sie langsam durchs Haus streifte, eine Hand zumeist auf einen Stock gestützt, die andere Halt suchend an der Wand oder einem Möbelstück. Es kostete sie eine Menge Anstrengung, aber gleichzeitig spürte sie, dass sie mit jedem Schritt stärker und widerstandsfähiger wurde. Margrit hatte sie wirklich viel zu sehr in Watte gepackt.

Natürlich hatte die Pflegerin nur ihr Bestes gewollt, aber Hilde spürte, wie gut es ihr tat, dass Stella sie mehr in den Alltag miteinbezog.

Stella, Luisa und Hilde saßen gerade am Küchentisch und stachen Butterplätzchen aus, als etwas mit einem lauten Klack gegen die Scheibe klopfte.

»Oh nein, die gruseligen Raben«, sagte Luisa und machte ein ganz erschrockenes Gesicht.

»Herrje, ist heute schon wieder Dienstag? Ich habe ganz vergessen, dass Doktor Kiekbusch kommen wird.« Hilde stöhnte und erhob sich. »In den vergangenen Tagen hatte ich das Gefühl, dass es etwas aufwärtsging. Vielleicht schlagen die Aufbauspritzen endlich an. Obwohl ich mich direkt danach immer ganz schrecklich müde fühle.«

»Lass sie doch heute einmal weg«, schlug Stella vor. »Ich meine, du weißt gar nicht, was du dir da spritzen lässt. Ich habe kein gutes Gefühl.«

»Ach, Liebes. Der Doktor meint es doch nur gut mit mir.« Hilde tätschelte Stellas Hand.

»Wir haben schon mal darüber gesprochen: Ich würde gerne eine zweite Meinung einholen. Für meinen Geschmack nimmst du ganz schön viele Medikamente«, sagte Stella sanft.

»So ist das eben, wenn man alt wird. Da braucht der Körper Unterstützung.« Hilde schlurfte aus der Küche.

Sie war kaum auf den Flur getreten, da klingelte es auch schon an der Tür.

»Ich gehe schon«, rief Hilde.

Stella fröstelte, obwohl es kuschelig warm in der Küche war. Diese Vögel, dieser Arzt. Da stimmte etwas ganz und gar nicht. Aber sie konnte es nicht beweisen, es war nur ein Gefühl. Hilde hingegen schien keinerlei Bedenken gegen Doktor Kiekbusch und seinen seltsamen Bruder Ingmar zu hegen, und sie kannte die beiden Männer schließlich schon sehr, sehr lange.

»Stichst du noch die restlichen Plätzchen aus, Lulu?«, fragte Stella. »Ich gehe kurz nachsehen, ob Hilde Unterstützung braucht.«

»Kannst du die Vorhänge zuziehen?« Luisa warf einen scheuen Blick zum Fenster. »Bitte!«

»Natürlich, mein Schatz. Aber du musst keine Angst haben. Die Raben können dir nicht wehtun.« Stella zog die Vorhänge mit einem Ruck vor das Fenster.

Den flüchtigen Blick, den sie dabei auf die Vögel erhaschte, verstärkte das ungute Gefühl, das in ihr schlummerte. Kälte hatte aus den Augen der gefiederten Gesellen gesprochen, Kälte und Gier.

Hilde hatte es unterdessen bis zur Haustür geschafft und den Arzt hereingelassen. Auch sein Bruder war wieder dabei.

»Ah, gut, dass ich Sie treffe«, sagte Ingmar und fasste Stella galant am Ellbogen.

»Sofort«, sagte Stella und trat einen Schritt zurück. Die Berührung war ihr unangenehm. »Ich wollte mich kurz mit dem Doktor unterhalten.«

Eugen Kiekbusch folgte Hilde gerade ins Wohnzimmer.

»Das ist doch nicht nötig. Mein Bruder kümmert sich bestens um die liebe Frau Linnenbürger. Ich muss Sie jedoch bitten, kurz mit mir nach draußen zu kommen.«

»Nach draußen? Meine Tochter ist allein in der Küche.«

»Dauert nur einen Moment.« Ingmar Kiekbusch lächelte, aber das Lächeln hatte nichts Freundliches an sich.

»Na gut, was gibt es denn?« Stella ging mit dem Vermieter nach draußen.

»Ihr habt sehr schön dekoriert. Leider muss ich die Deko wieder abnehmen.«

»Aber wieso?« Stella sah sich fragend um.

Alles glitzerte und funkelte. Lichterketten blinkten am Gartenzaun und in den Sträuchern, dazu schmückten allerhand Sterne, Glocken, Engel und Weihnachtskugeln jeden Winkel des weitläufigen Außenbereichs. Luisa und sie hatten Stunden gebraucht, bis alles angebracht war. Hilde hatte dabei an den unterschiedlichen Fenstern gesessen, ihnen zugesehen und immer wieder gute Ratschläge in den Garten gerufen.

»Ich muss den Zaun streichen. Er hat es nötig. Und einige der Büsche zuschneiden.«

»Im Winter?« Stella zog die Augenbrauen nach oben.

»Es hat über fünf Grad. Da ist Streichen gar kein Problem«, sagte Kiekbusch.

»Bald ist Weihnachten. Bitte entschuldigen Sie, aber das ist eine reichlich seltsame Zeit, um solche Tätigkeiten vorzunehmen.«

»Wenn die Farbe getrocknet ist, können Sie die Deko gerne wieder anbringen. Ich helfe Ihnen auch dabei.« Wieder dieses falsche Lächeln, das statt Wärme nur einen Hauch von Kälte vermittelte.

»Nun gut, Sie sind der Eigentümer dieses Hauses«,

sagte Stella. »Ich gehe davon aus, dass Sie nur das Beste im Sinn haben. Wenn Sie mich jetzt bitte entschuldigen. Ich muss nach meiner Tochter sehen.«

Hastig ging sie zurück ins Haus. Mit dem Kerl stimmte etwas nicht. Sein Verhalten war seltsam und Stella kam es so vor, als würde er etwas im Schilde führen. Etwas Böses.

Schnell verdrängte sie diesen Gedanken und eilte in die Küche zu Luisa. Aber das ungute Gefühl blieb bestehen. Dass die Raben noch immer am Fenster saßen und durch den schmalen Spalt der Vorhänge nach drinnen starrten, machte die Sache nicht besser.

12

Verführerischer Plätzchenduft zog durchs Haus, doch die Stimmung war trotzdem getrübt. Nachdem Eugen Kiekbusch gegangen war, ging es Hilde wieder schlechter. Stella hatte ihr eine Tasse Tee ans Bett gebracht und den Wunsch der alten Dame akzeptiert, sie für ein paar Stunden schlafen zu lassen.

»Lulu, hast du Lust, dass wir einen Strandspaziergang machen?«, fragte Stella. »Es ist gar nicht so kalt heute und der Wind hält sich auch in Grenzen.«

Und außerdem hörst du sonst gar nicht mehr auf, warme Plätzchen zu naschen, fügte Stella in Gedanken hinzu. Das schrie förmlich nach Bauchschmerzen. Sie bräuchte nicht noch eine zweite Patientin an diesem Tag.

»Oh ja. Kann ich der Möwe ein Plätzchen mitnehmen?« Luisa machte sich sofort daran, ein hübsches Exemplar auszusuchen.

»Ich glaube nicht, dass Plätzchen geeignetes Möwenfutter sind«, gab Stella zu bedenken.

»Das ist aber keine normale Möwe. Ich bin mir

sicher, ein Plätzchen schadet ihr nicht.« Luisa nahm ein mit kunterbunten Zuckerstreuseln verziertes Herz und packte es in ihre kleine Vorratsbox. Daneben legte sie eine Mandarine.

»Ist die auch für die Möwe?«, fragte Stella.

»Die teilen wir uns«, sagte Luisa, als wäre es das Normalste der Welt.

Sollte Stella sich Sorgen machen? Tat es ihrer Tochter nicht gut, hier zu sein? In diesem einsamen Haus, inmitten von hohen Kiefern und weit weg von anderen Kindern?

Wobei Luisa schon immer eine blühende Fantasie besessen hatte. Auch im Kindergarten sorgte sie damit immer wieder für Verblüffung und den ein oder anderen Lacher.

»Wo ist mein Rucksack, Mama?«

»Ich weiß nicht. Wahrscheinlich da, wo du ihn hingelegt hast«, sagte Stella.

Luisa legte den Zeigefinger auf die Unterlippe und machte ein nachdenkliches Gesicht.

»Hm. Vielleicht im Wohnzimmer. Oder in der Garderobe. Oder oben in meinem Zimmer. Ich geh ihn suchen.«

Stella schaute ihrer Tochter kopfschüttelnd nach. Das Unordnungsgen musste sie von ihrem chaotischen Vater vererbt bekommen haben. Sie dachte an Frank und daran, dass er sich nicht einmal zu Weihnachten und zu Luisas Geburtstag meldete. Aber vielleicht war das auch besser so. Wie hätte sie Lulu erklären sollen, dass sie zweimal im Jahr ein Geschenk von einem Mann bekam, der ihr Papa war, aber gar nichts mit ihr zu tun haben wollte? Nein, dann lieber komplette Funkstille.

Stella verdrängte den Gedanken an Frank. Was vorbei war, war vorbei. Es brachte nur Kummer, der Vergangenheit nachzutrauern. Das Leben spielte sich im Hier und Jetzt ab, nicht gestern. Nicht morgen.

Der Mann vom Strand kam ihr in den Sinn. Ob er heute wieder da sein würde? Möglich wäre es, oder? Stella spürte, wie sie bei der Vorstellung ein Gefühl von Vorfreude durchflutete. Und Aufregung.

Sei nicht albern, ermahnte sie sich. Er ist doch nur ein Spaziergänger, mit dem du ein paar Worte gewechselt hast.

Aber Stella konnte die starke Anziehungskraft, die er auf sie ausgeübt hatte, einfach nicht vergessen. Dazu dieser Blick aus den tiefblauen Augen. Bestimmt würde er sich über ein paar selbst gebackene Plätzchen freuen. Und sie hätte einen Vorwand, ein Gespräch mit ihm zu beginnen, sollte sie ihm tatsächlich über den Weg laufen.

»Er war im Bad, Mama. Ich weiß nicht, wie er dahingekommen ist.« Luisa kam atemlos zurück in die Küche, die Wangen ganz rot von der Anstrengung, den Rucksack zu finden.

»Na, ich kann mir genau eine Person vorstellen, die ihn dort abgelegt hat.« Lachend schloss Stella die Dose mit dem Weihnachtsgebäck.

»Für wen sind die?«, fragte Luisa neugierig.

»Weißt du noch, der Mann, mit dem ich letztes Mal geredet habe?«

Luisa nickte.

»Ich hatte den Eindruck, dass er nicht so viel Geld hat. Und dass er allein ist«, sagte Stella.

Dass ihr Herz in seiner Gegenwart noch dazu übermütig zu klopfen anfing, unterschlug sie in dieser Aufzählung.

»Er wird sich darüber freuen«, stellte Luisa resolut fest. »Jeder freut sich über Plätzchen.«

Sie packte die Dose zu ihrer eigenen in den Rucksack und Mutter und Tochter machten sich auf den Weg zum Strand. Vorher spitzte Stella ganz heimlich, still und leise in Hildes Schlafzimmer, um zu sehen, ob alles in Ordnung war. Die alte Dame schlief tief und fest.

Draußen vor dem Haus war immer noch Ingmar Kiekbusch am Werk und pinselte mit freudlosem Gesichtsausdruck hellblaue Farbe auf den Gartenzaun. Nicht weit von ihm saßen die beiden Raben und bewachten sein Treiben mit finsterer Miene. Als Stella und Luisa sich näherten, krächzte einer der Vögel ohrenbetäubend. Luisa drückte sich voller Angst enger an ihre Mutter.

»Alles gut, Liebes«, flüsterte Stella und strich ihrer Tochter besänftigend über den Kopf.

Aber sie beschleunigten ihre Schritte. Nur weg von diesen schwarz gefiederten Unheilsbringern, nur weg von diesem schrecklichen Vermieter. Mutter und Tochter atmeten erleichtert auf, als sie aus den immer lichter werdenden Reihen von Kiefern an den Strand traten.

Während das Wellenrauschen im Wald nur leise zu hören gewesen war, dröhnte es nun laut und deutlich an ihre Ohren. Die Sonne schob sich durch die Wolken, einige Möwen kreischten. Auf einmal wirkte die Welt wieder viel freundlicher und bunter. Das Auftauchen der Brüder Kiekbusch hatte einen grauen Schleier über den Tag gelegt, den die sanfte Meeresbrise nun einfach wegwehte.

Stella und Luisa stapften als Erstes zum Leuchtturm, um nachzusehen, ob die Deko noch an Ort und Stelle war. Mehr als das! Jemand hatte sich die Mühe gemacht und kleine Papierengel hinzugefügt. Wie hübsch das aussah!

»Mama, schau, da steckt sogar ein Brief zwischen den Zweigen«, rief Luisa aufgeregt. »Ob der vom Christkind ist? Oder von einem Engel?«

»Hm, wer weiß. Lass uns nachsehen.« Stella nahm das Kuvert an sich und öffnete es.

»Was steht da, Mama? Lies vor.« Luisa stellte sich auf die Zehenspitzen und linste neugierig auf das Papier.

Stella begann zu lesen.

An die lieben Weihnachtsengel!
Oder waren es Weihnachtswichtel, die den Leuchtturm so schön geschmückt haben? Ich weiß es nicht. Aber ich finde, es war eine ganz wunderbare Idee. Wie sehr ich mich darüber gefreut habe, als ich das Kunstwerk auf meinem Spaziergang entdeckt habe! Als kleines Dankeschön würde ich gerne eine Tasse Kaffee und ein Stück Kuchen spendieren. Kommt doch in mein Café am Marktplatz.
Vielleicht bis bald,
Lilo

»Oh, wie schön. Gehen wir da hin, Mama? Bitte!«, sagte Luisa.

»Ja, warum nicht. Wir müssen sowieso bald einkaufen gehen.« Stella steckte den Brief zurück ins Kuvert und verstaute ihn in der Jackentasche.

»Heute?« Luisa konnte ihre Ungeduld gar nicht mehr verbergen.

»Mal sehen, wie es Hilde geht. Aber ja, vielleicht heute.«

»Toll! Toll, toll, toll! Das muss ich gleich der Möwe erzählen.« Luisa wandte sich ab und hopste los Richtung Strandkorb.

»Halt, Schätzchen, warte bitte«, sagte Stella. »Lass mich kurz die Plätzchendose aus deinem Rucksack nehmen.«

Luisa nahm den Rucksack vom Rücken und reichte ihrer Mutter die Dose. Dann sprang sie eilig davon.

Was sie nur an diesem klapprigen Strandkorb findet, dachte Stella kopfschüttelnd und wanderte zum Meeresufer. Nur so weit, dass sie noch immer einen Blick auf ihre Tochter werfen konnte.

Es war schön, das Branden der Wellen zu hören und dem Seegang zuzusehen. Ganz in der Ferne waren die Umrisse eines Dampfers zu erkennen, der Kurs auf Skandinavien hielt.

Für einen Augenblick gab sich Stella der Vorstellung hin, alles hinter sich zu lassen und hinaus auf hohe See zu fahren. Ein aufregender Gedanke – aber zugleich auch beängstigend. Stella liebte das Meer, aber nur, wenn Land in Sicht war. Allein auf einem wilden Ozean, den Naturgewalten völlig ausgeliefert, nur mit der Hoffnung, dass

Gott oder wer auch immer schützend die Hand über einen hielt – nein, das war nichts für sie. Da stand sie lieber mit beiden Beinen fest im Leben, anstatt schwankend auf dem Deck eines Schiffes ins Ungewisse zu schaukeln.

»Guten Tag«, riss Stella eine Stimme aus den Gedanken.

Erschrocken richtete sie den Blick von den Wellen auf den Mann neben sich.

Er war es.

Er, der attraktive Fremde mit den blauen Augen, die bis zum Grund ihres Herzens blicken konnten. Auch heute trug er wieder den schäbigen Mantel und die ausgetretenen Schuhe. Doch trotz des ärmlichen Aufzugs umgab ihn dieses Strahlen, dieses eigentümliche Leuchten, von dem sich Stella fragte, ob nur sie es sehen konnte. Oder bildete sie es sich gar ein?

»Oh, bitte entschuldigen Sie, ich wollte Sie nicht erschrecken«, sagte der Mann mit seiner angenehmen, tiefen Stimme.

Erst jetzt wurde Stella bewusst, dass sie den Fremden noch gar nicht gegrüßt, sondern nur angestarrt hatte.

»Sie haben mich nicht erschreckt«, beeilte sie sich, ihm zu versichern. »Ich freue mich, Sie zu sehen. Ich, ähm, ich habe Ihnen nämlich etwas mitgebracht.« Stella senkte verlegen den Blick und schaute auf die Plätzchendose in ihrer Hand. »Also, ich weiß nicht, ob Sie Plätzchen mögen, aber ich habe sie selbst gebacken und …«

Was stammelte sie denn da für nervöses Zeug? Sie hielt mitten im Satz inne und streckte dem Fremden ruckartig die Vorratsbox entgegen.

Er nahm ihr die Dose sachte aus der Hand. Dabei berührten sich ihre Fingerspitzen und Stella fühlte sich, als hätte sie eine Stromleitung gestreift.

»Gibt es überhaupt eine einzige Person auf dieser Welt, die keine selbst gebackenen Plätzchen mag?«, fragte der Mann mit einem Lächeln.

Stella wollte gerne etwas Witziges antworten, schließlich gab es ja die wunderlichsten Menschen auf dieser Erde, aber schon wieder konnte sie nicht anders, als den Mann einfach nur anzustarren.

»Danke, Stella«, sagte er. »Sie haben mir eine sehr große Freude gemacht.« Dann wandte er sich ab und ging.

Stella sah ihm nach und erkannte, wie er die Dose öffnete und sich eins der Gebäckstückchen in den Mund steckte. Aber das war es nicht, was ihr ein wohliges Kribbeln am ganzen Körper verursachte. Nein, das Gefühl, unter einem funkensprühenden Glücksregen zu stehen, rührte woanders her.

Danke, Stella.

Er hatte sich ihren Namen gemerkt. Und er hatte ihn mit einer Wärme ausgesprochen, die ihr ein Lächeln ins Gesicht zauberte.

13

»Dein Blutdruck ist viel zu niedrig. Und du bist blass wie ein Gespenst«, sagte Stella.

Hilde lag kraftlos im Bett, als Stella und Luisa kurz vor Mittag von ihrem Ausflug an den Strand zurückkehrten. Es schien ihr noch immer nicht besser zu gehen.

»Mit zweiundneunzig ist man auch so etwas wie ein Gespenst, oder? Der Geisterwelt näher als den Menschen.« Hilde lächelte tapfer, aber ihre Stimme klang schwach.

Stella wurde den Eindruck nicht los, dass Eugen Kiekbuschs Besuche seiner Patientin mehr schadeten als nutzten. Hilde wollte davon nichts wissen, schließlich befand sie sich seit vielen Jahren in der Obhut dieses Arztes und hatte sich immer gut betreut gefühlt. Stella hingegen arbeitete seit zwei Jahrzehnten mit alten Menschen und hatte nicht wenige von ihnen bis zum Tod begleitet. Sie wusste instinktiv, dass hier etwas nicht stimmte. Und sie würde dieser Vermutung nachgehen.

Doch erst musste sie Hilde dazu bringen, wenigstens ein kleines Häppchen zu essen. Angebote wie Suppe, Joghurt, Plätzchen und Lebkuchen hatte sie bereits verschmäht. Aber so schnell gab Stella nicht auf.

Sie hatte das »Geheimrezept« zubereitet. Mit dem fluffigen Kartoffelpüree, verfeinert mit einem Klecks Butter und einem Schuss Sahne, hatte bereits Stellas Mutter alle kleinen und größeren Unpässlichkeiten – seien sie physischer oder psychischer Natur gewesen – zu lindern gewusst. Und auch bei Luisa wirkte dieses Essen stets kleine Wunder.

»So, nun komm mit in die Küche«, sagte Stella. »Das Essen wartet bereits.«

»Ach, Liebes. Du weißt doch, dass ich keinen Appetit habe«, sagte Hilde.

»Schau doch erst mal, was es gibt«, sagte Stella und half Hilde aus dem Bett.

Die alte Dame wollte heute am liebsten den ganzen Tag darin verbringen, aber das wäre weder ihrem Blutdruck noch ihrem Kreislauf, geschweige denn ihrer Lebensfreude zuträglich gewesen.

Mit Gehstock und Stellas tatkräftiger Unterstützung schaffte es Hilde in die Küche. Und war ihr Blick vorher etwas trüb gewesen, so hellte er sich beim Anblick der festlichen Dekoration sofort auf. Die Kerzen auf dem Adventskranz brannten, die Lichterkette leuchtete, die goldenen Glöckchen funkelten.

»Jedes Mal wieder erfreue ich mich daran, wie wunderschön ihr alles geschmückt habt«, seufzte sie. »Und wie gut es hier riecht.«

»Es gibt Poffelpü«, sagte Luisa. »Mein Lieblingsessen. Nur Pizza mag ich noch lieber. Und Pudding.«

»Kartoffelpüree.« Hilde lächelte gedankenverloren. »Das habe ich schon eine Ewigkeit nicht mehr gegessen. War denn noch Muskatnuss im Gewürzschrank?«

»Eine ganze Dose«, sagte Stella.

Sie stellte den dampfenden Topf auf den Tisch und verteilte mit einer Suppenkelle das herrlich cremige Püree. Und tatsächlich. Hilde aß. Langsam und genüsslich. Gut, sie verlangte nicht wie Luisa nach einem Nachschlag, aber ihren Teller kratzte sie mit einem zufriedenen Grinsen im Gesicht sauber.

Das machte Stella Hoffnung. Hildes Wangen hatten ein wenig Farbe bekommen, die Blässe wirkte nicht mehr ganz so geisterhaft wie zuvor. Und sie wollte nicht zurück ins Bett, sondern auf ihren Sessel im Wohnzimmer.

Luisa huschte voraus und schaltete die Beleuchtung an. Der Raum wirkte dadurch zwar ein wenig wie ein kleiner Laden für Weihnachtsschmuck, aber Hilde strahlte mit den Lichterketten um die Wette.

»So schön«, murmelte sie. »So wunderschön.«

»Fehlt nur noch der Weihnachtsbaum«, sagte Luisa.

»Den stellen wir erst kurz vor Heiligabend auf«, erwiderte Stella.

»Wieso? Wenn wir ihn gleich aufstellen, können wir uns doch viel länger darüber freuen«, sagte Luisa.

Hilde schmunzelte. »Du bist ein schlaues Mädchen. Ich kenne es zwar auch so, dass man den Baum erst kurz vor dem Fest ins Zimmer stellt, aber eigentlich ist das eine Verschwendung. Ich werde Ingmar Kiekbusch anrufen und ihn bitten, eine prächtige Tanne vorbeizubringen.«

Als Stella den Namen des Vermieters hörte, musste sie sofort an die zwei gruseligen Raben und Ingmar Kiekbuschs verschlagenen Blick denken. Eine Gänsehaut kroch über ihre Arme und sie fühlte sich schlagartig unwohl.

»Nein, Hilde, das brauchst du nicht«, sagte Stella hastig. »Luisa und ich wollten heute Nachmittag sowieso in die Stadt, um einzukaufen. Da können wir uns auch gleich um den Weihnachtsbaum kümmern.«

»Aber …«

»Widerspruch ist zwecklos«, sagte Stella mit erhobenem Zeigefinger.

Hilde seufzte. »Na gut. Dann seht zu, dass ihr in die Stadt kommt. Ich werde ein wenig lesen und wahrscheinlich ziemlich bald eindösen.«

»Bist du sicher, dass wir dich allein lassen können?«, vergewisserte sich Stella.

»Natürlich. Ich habe hier das Telefon, in dem gleich als Erstes deine Nummer eingespeichert ist. Den Notfallknopf. Eine Kanne Tee. Wasser. Plätzchen. Die Fernbedienung. Ich bin bestens versorgt.« Hilde lächelte Stella aufmunternd zu.

»Wir beeilen uns«, sagte Stella. »Und wenn etwas sein sollte, egal, was, ruf sofort an, in Ordnung?«

»Es wird nichts sein. Ihr könnt euch ruhig Zeit lassen. Der Weihnachtsmarkt ist sehr hübsch. Also, in den vergangenen Jahren war er es. Dieses Jahr konnte ich ihn leider noch nicht besuchen. Und werde es wahrscheinlich auch nicht mehr«, murmelte Hilde.

Stella sagte nichts darauf, sondern legte der alten Frau nur tröstend die Hand auf die Schulter. Wieder überkam sie ein komisches Gefühl, die Gewissheit, dass hier irgendetwas nicht mit rechten Dingen zugehen konnte. Gleich heute Abend würde sie ihren alten Vertrauten Doktor Brandt anrufen. Auf sein Urteil war Verlass.

14

Aus den Lautsprechern erscholl Jingle Bells. Hübsch geschmückte Holzbuden säumten den Marktplatz, Lichterschein und Glühweinduft verströmten trotz des nebligen Tages einen Hauch von Weihnachtszauber.

Stella und Luisa schlenderten Hand in Hand durch die Stände, bestaunten hübschen Weihnachtsschmuck und genossen den Anblick der Leckereien, die überall angeboten wurden.

»Schau, da ist das Café am Marktplatz«, sagte Stella und deutete auf ein rot gestrichenes Haus. »Wollen wir nachsehen, wem du so eine große Freude mit dem geschmückten Leuchtturm gemacht hast?«

»Jaaaa«, sagte Luisa mit glänzenden Augen, aus denen freudige Erwartung sprach.

»Na, dann mal los.« Mit zügigen Schritten marschierten sie zum Café und Stella drückte die Tür auf.

Drinnen empfing sie leise Musik, die sich wie ein feines, seidenes Tuch mit den Stimmen der Gäste verwebte. Dazu der Duft von frisch gemahlenen Kaffeebohnen, vermischt mit der Süße von Zimt und würzig-harzigem Tannengrün.

»Da hängen überall die gleichen Engel wie am Leuchtturm«, sagte Luisa und schaute sich staunend um.

Das Café war wirklich eindrucksvoll dekoriert. Die Farben Rot und Gold dominierten, was perfekt zu den bequemen Samtsofas und Sesseln passte. Dazu das satte Grün der Tannenzweige und die vielen Engel, die ihren majestätischen Charme versprühten. Wer bisher noch nicht in Weihnachtsstimmung war, würde es spätestens sein, wenn er sich hier niederließ, um gemütlich eine Tasse heißen Punsch zu trinken.

»Ob das Lilo ist?«, fragte Luisa und schaute in Richtung einer Bedienung. Diese balancierte geschickt ein voll beladenes Tablett mit Kuchenstücken und dampfenden Tassen zu einem Tisch, an dem vier Frauen saßen.

»Ich weiß nicht. Wir können fragen«, sagte Stella.

Sie wartete, bis die Bedienung mit dem Servieren fertig war, und zog dann das Kuvert mit Lilos Brief aus der Tasche.

»Bitte, entschuldigen Sie, aber wir suchen eine Lilo. Ich glaube, ihr gehört dieses Café.«

»Ja, das stimmt«, sagte die Bedienung und lächelte freundlich. »Um was geht es denn?«

»Sie hat uns eingeladen«, sprudelte es aus Luisa heraus. »Weil wir den Leuchtturm geschmückt haben.«

»Ach, ihr wart das!« Das Lächeln der Bedienung wurde noch breiter. »Lilo hat mir ganz begeistert davon erzählt und mir sogar Fotos gezeigt. Kommt mit, ich bringe euch zu ihr.«

Stella und Luisa wurden in einen Vorraum der Küche

geführt, wo eine Frau in Stellas Alter gerade Plätzchen verzierte. Sie hatte hellblondes Haar, das zu einem kinnlangen Bob geschnitten war, und sah in ihren weißen Küchenklamotten selbst ein wenig wie ein Engel aus.

»Lilo, ich muss dich kurz stören: Die Künstlerinnen vom Leuchtturm sind da.« Die Bedienung nickte uns zu und verschwand dann wieder nach draußen in den Gastraum.

»Ihr habt meinen Brief gefunden? Wunderbar.« Lilo stellte die Dose mit den Haselnüssen beiseite und wandte sich an ihre Besucher. »Schön, dass ihr gekommen seid. Als ich den geschmückten Leuchtturm gesehen habe, wollte ich sofort wissen, wer dahintersteckt. So eine tolle Idee.«

»Das war Luisas Einfall«, sagte Stella.

Mütterlicher Stolz schwang in ihrer Stimme.

Luisa machte das Lob zwar ein bisschen verlegen, aber gleichzeitig fühlte es sich auch ziemlich großartig an und sie streckte den Rücken durch.

»Deine Idee war das?« Lilo beugte sich zu Luisa und legte ihr die Hände auf die Schultern. »Na, wenn du kein kleiner Weihnachtsengel bist. Möchtest du eine heiße Schokolade? Mit Marshmallows?«

»Mhm.« Luisa presste verschmitzt die Lippen zusammen und nickte.

»Und für uns Kaffee? Oder lieber eine Tasse hausgemachten Punsch?«, richtete Lilo das Wort an Stella.

»Eine Tasse Kaffee wäre wunderbar«, sagte Stella.

Auf die Tasse Kaffee folgte dann doch noch eine Tasse Punsch, weil das Gespräch einfach nicht enden wollte. Die beiden Frauen verstanden sich auf Anhieb und unterhielten sich schon nach kurzer Zeit, als wären sie alte Freundinnen.

Luisa durfte in der Küche der Auszubildenden zur Hand gehen und diese beim Verzieren von Lebkuchenhäusern unterstützen. Auch Lilo hatte eine Tochter, die siebenjährige Eva. Sie kam zusammen mit ihrem Vater, Lilos Mann Steffen, ins Café und gab ihrer Mutter nur einen schnellen Kuss, dann sprintete sie sofort in die Backstube, um ebenfalls bei den Lebkuchenhäusern mitzuhelfen.

Steffen setzte sich auf eine Tasse Kaffee zu den beiden Frauen, bevor er sich eine Schürze umband und hinter dem Tresen verschwand. Nach einem Blick auf die Uhr sprang Stella schließlich ebenfalls entsetzt auf.

»Herrje, die arme Hilde. Sie fragt sich bestimmt schon, wo wir abgeblieben sind. Und dabei müssen wir noch einkaufen und einen Weihnachtsbaum besorgen.«

»Die schönsten Weihnachtsbäume hat Gunnar. Der liefert auch. Soll ich dir seine Nummer geben? Ist ein ganz ein Netter. Auf so eine brummige Seebärenart, wenn du weißt, was ich meine.« Lilo lachte.

»Ja, das klingt gut.« Stella speicherte Gunnars Nummer in ihr Handy und holte Luisa aus der Küche.

Stolz streckte ihr ihre Tochter ein kleines Lebkuchenhaus entgegen.

»Schau mal, Mama! Das habe ich selbst dekoriert. Und ich darf es behalten.«

Stella schmunzelte. Nicht nur aus Stolz, sondern auch, weil das Häuschen aussah, als wäre es in einen Farbtopf gefallen. Zum Verkauf hätte es sich eher nicht mehr geeignet.

»Das hast du wunderbar gemacht, Lulu.« Stella strich ihrer Tochter übers Haar.

»Ich will es Hilde schenken. Glaubst du, sie freut sich?«

»Natürlich. Ich bin mir absolut sicher.«

Luisa lächelte zufrieden. Obwohl sie erst fünf Jahre alt war, wusste sie bereits, dass es oft mehr Freude machte, andere zu beschenken, als selbst Geschenke zu erhalten.

15

»Hilde, wie geht es dir? Alles in Ordnung? Wir waren viel zu lange weg, bitte entschuldige.« Stella stürzte mit mehreren Tüten beladen ins Wohnzimmer, um sich nach dem Befinden der alten Dame zu erkundigen.

»Keine Sorge. Mir geht es gut. Ich habe draußen im Garten die Vögel beobachtet, ein wenig gelesen und dann bin ich eingeschlafen.«

Stella musterte Hilde kritisch. Ihre Haut war blass und die Hände zitterten ein wenig.

»Hilde! Hilde! Ich habe ein Geschenk für dich.« Luisa kam wie ein Winterwirbelsturm ins Zimmer gefegt, das Lebkuchenhaus in ihren kleinen Händen.

»Ein Geschenk? Aber es ist doch noch gar nicht Weihnachten«, sagte Hilde schmunzelnd.

»Das macht nichts. Je eher du das Geschenk bekommst, desto länger kannst du dich darüber freuen.« Luisa stellte das Lebkuchenhaus vorsichtig auf das kleine Beistelltischchen neben Hildes Sessel.

»Und das ist wirklich für mich?« Hilde legte ihre

Hände aufs Herz. »Danke, liebe Lulu. Es ist wunderschön.«

»Ich habe alle Farben genommen, die es gegeben hat«, sagte Luisa stolz.

»Ja, das sieht man.« Hilde lachte.

Zwischen dem Mädchen und der alten Dame entspann sich eine angeregte Unterhaltung. Stella nutzte die Zeit, um Kaffee zu kochen und die Einkäufe in Kühlschrank und Speisekammer zu verstauen. Außerdem tätigte sie einen Anruf bei Gunnar, dem Weihnachtsbaumhändler. Er versprach, am Samstag eine prächtige, frisch geschlagene Tanne zu liefern.

Mit einem vollen Tablett ging Stella zurück ins Wohnzimmer. Sie reichte Hilde eine Tasse Kaffee und einen Teller mit Plätzchen, für Luisa gab es etwas Obst und einen Hagebuttentee.

»Kann ich in mein Zimmer gehen und ein bisschen malen?«, fragte Luisa, nachdem sie aufgegessen hatte.

Sie mochte es von Zeit zu Zeit, sich zurückzuziehen und bunte Fantasiewelten auf Papier entstehen zu lassen. Oder einfach nur aus dem Fenster zu sehen und schweigend die Welt draußen zu beobachten.

»Natürlich, Lulu-Schatz.« Stella nickte ihrer Tochter zu, die aufsprang und aus dem Zimmer hopste.

Hilde und Stella sahen ihr mit einem Lächeln nach, in dem durchaus eine leichte Wehmut lag. Wie schön und unbeschwert war es doch, ein Kind zu sein. Frei von den Sorgen des Lebens, noch nicht geplagt von der Last des Alters.

»Erzähl mir ein bisschen von eurem Tag. Wie war es in der Stadt?«, fragte Hilde schließlich.

»Es war sehr festlich, trotz des trüben Wetters. Alles ist so herrlich geschmückt, es duftet und glitzert, dazu die altbekannten Weihnachtslieder. Es hätte dir bestimmt gefallen.«

»Ja, ich mag Weihnachtsmärkte. Sehr sogar.«

»Dann setzen wir uns als Ziel, dass wir dieses Jahr noch einen gemeinsamen Ausflug dorthin unternehmen.«

»Ach …« Hilde seufzte.

In diesem Laut lag so viel Sehnsucht und Schwermut zugleich, dass es Stella das Herz zusammenschnürte. Schnell redete sie weiter, um Hilde auf andere Gedanken zu bringen.

»Lulu und ich waren im Café am Marktplatz. Die Besitzerin Lilo ist eine ganz liebe Person. Du würdest sie mögen.«

»Oh, das Café am Marktplatz. Das habe ich immer gerne besucht. Lilo hat es mit ihrem Mann erst vor eineinhalb Jahren von ihrer Großtante Marlene übernommen. Marlene und ich waren gut befreundet, aber sie ist vor ein paar Monaten überraschend an Krebs gestorben. Dabei wollte sie endlich das Leben genießen, wo sie doch vorher fünf Jahrzehnte tagein, tagaus im Café gestanden hat.«

»Das ist sehr traurig«, sagte Stella.

»Es ist vor allem eine Mahnung: Man sollte vor lauter Arbeit nie vergessen, auch die Dinge zu tun, die einem wichtig sind. Was schieben wir nicht alles auf, um es später zu erleben. Am Wochenende. In den Ferien. Wenn wir in Rente sind. Irgendwann. Dabei gibt es keine Gewissheit, dass irgendwann überhaupt eintritt. Wenn wir Pech haben, sind wir vorher tot.« Hilde steckte sich einen Spitzbuben in den Mund.

»Wohl wahr«, sagte Stella. »Aber das Leben muss nun mal auch finanziert werden. Wie immer gilt es, einen goldenen Mittelweg zu finden.«

»Oder reich zu heiraten«, sagte Hilde und lachte.

»Wenn nur die Prinzen mit dem weißen Pferd nicht so rar gesät wären«, sagte Stella und stand auf. »Möchtest du dich ein wenig hinlegen, während ich das Abendessen vorbereite?«

»Nein, ich bleibe hier in meinem Sessel. Und morgen bin ich hoffentlich fit genug, um endlich mal wieder ein paar Schritte zu gehen.«

»Wenn nicht, machen wir einen Ausflug im Rollstuhl. Ein bisschen frische Luft tut dir bestimmt gut.« Stella strich Hilde über den Arm, dann ging sie in die Küche.

Sie bereitete einen leichten Auflauf zu und nutzte die Zeit, während er im Ofen war, um Doktor Brandt anzurufen.

Stella kannte den Mediziner schon sehr lange und sie hatte großes Vertrauen zu ihm. Er gehörte zu der aussterbenden Gattung von Ärzten, die sich noch Zeit für ihre Patienten nahmen und eine gründliche Diagnostik dem wahllosen Verschreiben von Medikamenten vorzogen. Leider war Julius Brandt schon über siebzig Jahre alt und Stella dachte mit Sorge an die nahende Schließung seiner Praxis. Einen wie ihn würde sie nicht mehr finden.

»Brandt«, hörte sie seine sonore Stimme durchs Telefon.

Stella grüßte den Arzt und schilderte ihr Anliegen. Erzählte von Hildes stetigem Verfall, für den es eigentlich gar keine Diagnose gab, außer ihr fortgeschrittenes Lebensalter. Und sie berichtete von der auffallenden Verschlechterung, die sich jedes Mal einstellte, wenn Eugen Kiekbusch mit seinen Aufbauspritzen am Werk war.

Brandt lauschte Stellas langem Bericht kommentarlos und stellte nur hin und wieder eine kurze Nachfrage. Seine Worte wählte er mit Bedacht.

»Nun, es widerstrebt mir, eine Ferndiagnose zu stellen und einen Kollegen anzuschwärzen, aber in diesem Fall würde ich zu einem etwas unorthodoxem Vorgehen raten.«

»Soll ich einfach einen anderen Arzt ins Haus bestellen?«, fragte Stella.

»Nein, das würde ich nicht tun. Die Patientin würde sich hintergangen fühlen. Ich würde erst einmal überprüfen, ob an dem Verdacht etwas dran ist. Wenn ich Sie richtig verstanden habe, vermuten Sie doch, dass diese Aufbauspritzen in Wahrheit eher Abbauspritzen sind.«

»Ich weiß, das hört sich komisch an, aber …« Stella hielt sich zurück und beendete den Satz nicht.

Wenn sie von Eugen Kiekbuschs kalten Augen oder den zwei gruseligen Raben erzählen würde, hielt Doktor Brandt sie wahrscheinlich für verrückt.

»Sie können das ganz leicht herausfinden«, sagte der Arzt. »Verhindern Sie einfach die nächste Injektion und beobachten Sie das Befinden der Patientin genau. Vielleicht ist das schon Antwort genug.«

»Und wenn nicht?«, fragte Stella.

»Dann sehen wir weiter. Immer ein Schritt nach dem anderen.«

16

»Lulu, Essen ist fertig«, rief Stella in den ersten Stock hinauf. Dann ging sie ins Wohnzimmer, um Hilde zu holen.

Schließlich saßen alle am Küchentisch und Stella verteilte das Essen auf den Tellern. Im Hintergrund lief leise Weihnachtsmusik, der würzige Duft des Auflaufs lag in der Luft. Kerzenschein und Lichterketten machten die vorweihnachtliche Atmosphäre perfekt.

»Ich habe ein Bild für dich gemalt.« Luisa schob ein Blatt über den Tisch. »Weil du nicht mitkommen konntest in die Stadt. Jetzt kommt der Weihnachtsmarkt zu dir.«

»Ach, das ist aber lieb von dir. Es ist wunderschön.« Hilde ließ den Blick über die windschiefen Buden und die kunterbunten Menschen gleiten. »Wir sollten es aufhängen«, sagte sie. »Hilfst du mir nachher, den richtigen Platz dafür auszusuchen?«

Luisa nickte und steckte sich eine große Gabel Auflauf in den Mund.

Auch Hilde griff zu, was Stella ganz besonders freute. Die alte Dame hatte endlich ein Ziel: Sie wollte den geschmückten Leuchtturm mit eigenen Augen sehen und auch den Weihnachtsmarkt besuchen. Dafür brauchte sie Kraft und Energie.

»Dir habe ich übrigens auch ein Bild gemalt«, sagte Luisa und warf ihrer Mutter einen Blick zu.

»Ach ja? Das ist aber nett.« Stella schenkte ihrer Tochter ein Lächeln.

Sie freute sich über jedes der farbenfrohen Bilder. Die schönsten Exemplare wurden gerahmt und überall im Haus aufgehängt. Wann immer sie einmal Traurigkeit oder das Gefühl von Überforderung beschlich, brauchte Stella nur einen Blick darauf zu werfen, und schon sah die Welt wieder heller und freundlicher aus.

Luisa legte das Besteck beiseite, trennte ein Blatt aus dem Block und reichte es ihrer Mutter.

»Lulu, doch nicht beim Essen«, mahnte Stella.

»Ach, lass sie doch«, sagte Hilde und schielte neugierig auf die Zeichnung.

Auch Stella nahm das Kunstwerk in Augenschein. Es zeigte ein Schloss, auf dessen Dach eine Möwe saß. Davor standen Hand in Hand Prinz und Prinzessin.

»Wow«, sagte Stella. »Da hast du dir aber viel Mühe gegeben.«

»Das Schloss ist hier in der Nähe. Die Möwe hat mir davon erzählt«, sagte Luisa.

»Ach, Liebes. Du und deine Möwe.« Stella schüttelte lachend den Kopf.

»Es stimmt. Hier in der Nähe gibt es wirklich ein

Schloss«, sagte Hilde. Sie drehte sich um und deutete an die Wand. »Da ist ein Foto davon. Allerdings aus besseren Zeiten. Mittlerweile ist es ziemlich verwahrlost.«

Stellas Blick wanderte zu der Aufnahme des Schlosses. Es lag etwas erhöht auf einer Klippe und bot einen beeindruckenden Anblick.

»Wer lässt denn so ein prachtvolles Anwesen verkommen?«, fragte sie.

»Es steht leer. Der Besitzer Notker Siebenthaler ist verstorben und bisher ist die Erbfrage anscheinend nicht geregelt. Er hatte keine Kinder, so weit ich weiß.«

»Siebenthaler?« Stella runzelte die Stirn und warf einen Blick zu Luisa. Doch die hatte nicht zugehört, sondern schaufelte Auflauf in sich hinein und schien mit den Gedanken ganz woanders zu sein.

»Ja, ein seltener Name«, sagte Hilde.

Stella rief sich Luisas Spruch ins Gedächtnis.

Sieben Taler drei Mal Gutes, ein Leben lang voll frohen Mutes.

Vielleicht waren gar nicht sieben Taler, also Münzen, gemeint, sondern es handelte sich um einen Nachnamen. Was dem Spruch aber nicht mehr Sinn verlieh. Denn dieser Notker Siebenthaler war ja laut Hildes Aussage tot.

Nachdenklich aß Stella weiter. Vielleicht machte sie sich einfach zu viele Gedanken. Luisa hatte eine blühende Fantasie. Wer wusste schon, welche wilden Kapriolen ihr kindliches Gehirn in der Nacht schlug. Sicherlich kam in dem ein oder anderen Märchen, das Luisa kannte, das Wort Taler vor. Der Spruch war bestimmt ein Zufallsprodukt eines wirren Traums. Und das Schloss hatte sie wahrscheinlich nur deshalb gemalt, weil sie das Foto in der Küche hängen gesehen hatte, und nicht, weil ihr eine Möwe davon erzählt hatte.

Ja, so musste es sein.

Stella aß ihren Teller leer. Die Argumente hörten sich schlüssig an. Doch ein Rest an Zweifel blieb bestehen.

17

Es schneite! Nur ganz leicht, aber es reichte, um für aufgekratzte Weihnachtsstimmung im Haus zu sorgen. Die filigranen Flocken schafften es zwar kaum, unbeschadet den Boden zu berühren. Aber einige von ihnen überlebten die Reise vom Himmel und hüllten die Welt draußen in eine hauchdünne Schicht, die weißem Puderzucker glich.

»Bist du auch warm genug angezogen?«, fragte Stella und musterte Hilde kritisch.

Die alte Dame steckte in einem dicken Daunenmantel, trug eine Pelzmütze und einen Schal, der ihr halbes Gesicht bedeckte. Die Füße wurden von kuscheligen Winterboots gewärmt.

»Ich könnte einen Wintertag in Sibirien überstehen«, sagte Hilde und zerrte an ihrem Schal. »Wenn wir nicht gleich das Haus verlassen, bekomme ich einen Hitzschlag.«

»Na, dann los«, sagte Stella. »Bist du sicher, dass wir den Rollstuhl hierlassen sollen?«

»Ja. Ich muss endlich mal wieder ein paar Schritte laufen. Margrit war immer so übervorsichtig, aber das hilft mir nicht weiter. Wer rastet, der rostet.«

»Wir könnten einen Schlitten mitnehmen«, schlug Luisa vor. »Hast du einen Schlitten, Hilde? Ich kann dich ziehen, wenn du müde bist.«

Die beiden Frauen lachten bei der Vorstellung.

»Liebes, für eine Schlittenfahrt liegt noch viel zu wenig Schnee«, sagte Stella. »Hast du auch deine Handschuhe an?«

»Ja.« Luisa streckte ihre bunten Finger in die Luft.

»Sehr gut. Dann hinaus mit euch.« Stella öffnete die Tür.

Luisa lief übermütig voran, Hilde setzte vorsichtig einen Fuß vor den anderen, die rechte Hand schwer auf den Stock gestützt. Stella sperrte die Haustür ab und hakte sich dann links bei Hilde unter. Weit kamen sie jedoch nicht, denn die alte Dame traute kaum ihren Augen.

»Es hat ja von innen schon toll ausgesehen, aber hier draußen wirkt die Deko noch schöner. Vor allem jetzt mit dem Schnee. Ich bin überwältigt.« Eine Träne glitzerte in Hildes Augenwinkel. »Und Ingmar hat den Garten mächtig auf Vordermann gebracht. Der ganze Zaun ist frisch gestrichen. Hoffentlich flattert mir dann nicht gleich eine Mieterhöhung als Weihnachtsgeschenk ins Haus.«

»Na, so viel Anstand wird der gute Mann doch haben, dass er sich damit noch ein wenig zurückhält«, sagte Stella.

»Ach, wenn es ums Geld geht, ist es mit dem Anstand

oft nicht mehr weit her«, sagte Hilde. »Aber lassen wir uns die gute Laune nicht von solch trüben Gedanken verderben. Heute ist so ein schöner Tag.«

Vorsichtig tasteten sich die beiden Frauen den Gartenweg entlang, Schritt für Schritt. Hilde musste immer wieder stehen bleiben und ihre Kräfte sammeln. Luisa wartete unterdessen am Gartentor. Sie sprang von einem Bein aufs andere und stupste mit ihren bunten Handschuhfingern ungeduldig die zarte Schneeschicht von tief hängenden Zweigen.

»Wo bleibt ihr denn?«, rief sie und machte einen langen Hals.

»Lulu, hab ein wenig Geduld. Hilde kann nicht so schnell laufen wie du«, sagte Stella.

»Ehrlich gesagt, kann ich gar nicht mehr laufen.« Hilde stöhnte. »Ich habe mir zu viel vorgenommen.«

»Soll ich den Rollstuhl holen?«, fragte Stella.

»Nein, nicht nötig. Es ist besser, wenn ich mich ein wenig in meinen Sessel setze. Aber morgen starten wir einen neuen Anlauf, versprochen.« Hilde lächelte tapfer.

Es schmerzte Stella, die Enttäuschung im Gesicht der alten Frau zu sehen. Hilde wollte so gerne und konnte einfach nicht. Aber gemeinsam würden sie es schon noch bis zum Leuchtturm schaffen. Wo ein Wille war, da war auch ein Weg!

18

Nachdem Stella Hilde zurück ins Haus gebracht hatte, eilte sie wieder nach draußen. Luisa saß ganz entrückt in ihrem geliebten magischen Strandkorb und führte Zwiegespräche mit der Möwe. Stella war sich nicht einmal sicher, ob es immer die gleiche Möwe war, sie konnte die Tiere gar nicht auseinanderhalten. Aber ihre Tochter war glücklich, das war das Einzige, was zählte.

Stella nutzte die Zeit, um ein wenig am Strand entlangzuspazieren und aufs Meer zu schauen. Sie wurde nicht müde, das Spiel der Wellen zu verfolgen und die Wolkenformationen am Horizont zu betrachten.

»Das waren die besten Plätzchen, die ich seit Langem gegessen habe. Danke dafür«, ertönte plötzlich eine Stimme.

Stella erschrak und löste den Blick vom Wasser. Neben ihr stand der attraktive Fremde und hielt ihr die leere Vorratsdose entgegen.

»Oh, das freut mich. Danke.« Verstohlen musterte sie den Mann. Wieder trug er den schäbigen Mantel mit tief ins Gesicht gezogener Kapuze und die ausgetretenen Schuhe, wieder war er allein. »Was machen Sie eigentlich an Weihnachten? Sie könnten mit uns feiern. Oder wenigstens zum Essen kommen«, sprudelte es aus Stella heraus.

Im selben Augenblick schämte sie sich für diese unreflektierten Äußerungen, aber nun war es zu spät. Herrje, was wusste sie denn schon über diesen Mann? Nur, weil er auf seinen einsamen Spaziergängen einen alten Mantel und ausgetretene Schuhe trug, unterstellte sie ihm, arm und allein zu sein.

Ja, vielleicht war er das auch. Aber gut möglich, dass er freiwillig so lebte. So viel konnte passiert sein: eine Familientragödie, Krankheit, falsche Entscheidungen. Oder das Gegenteil war der Fall. Er hatte Frau und fünf Kinder zu Hause und genoss es einfach nur, eine Stunde am Tag für sich zu haben. Auf modische Extravaganzen legte er dabei keinen Wert.

»Bitte entschuldigen Sie«, sagte Stella hastig. »Das war total übergriffig von mir. Manchmal rede ich schneller, als ich denke.«

»Nein, das war sehr nett von Ihnen.« Der Fremde lächelte. Dann tat er etwas, das Stella verwunderte. Er streifte sich die Kapuze vom Kopf und streckte Stella die Hand entgegen. »Ich bin übrigens Titus.«

Stella griff nach der Hand und sah Titus ins Gesicht. Erst jetzt konnte sie ihn richtig ansehen, ohne Kapuze. Sie hatte sich nicht getäuscht, er war wirklich sehr attraktiv. Goldblondes Haar, kantige, schöne Gesichtszüge. Lippen, die zum Küssen einluden.

Aber mehr als Titus' gutes Aussehen beeindruckte sie

sein Händedruck. Er war verbindlich – ja, das war das erste Wort, das Stella in den Sinn kam.

Die Berührung war kein oberflächliches Händeschütteln, wie es jeden Tag unter Menschen passierte. Diese Berührung schuf eine Verbindung zwischen Stella und Titus, eine Verbindung, die Stella komplett gefangen nahm.

Natürlich blieb die Zeit nicht stehen, die Welt drehte sich nicht langsamer und auch die Geräusche – die Schreie der Möwen, das Rauschen der Wellen, das Sausen des Windes – wurden nicht leiser. Aber trotzdem fühlte sich Stella seltsam des Augenblicks enthoben, als wäre sie versehentlich in ein romantisches Wintermärchen gestolpert.

Plötzlich schienen die Schneeflocken größer zu sein und weicher zu fallen, Titus' Augen blauer zu strahlen, ihr Herz schneller zu schlagen.

Als Titus seine Hand aus ihrer löste, kam es Stella sofort so vor, als würde etwas fehlen. Am liebsten hätte sie wieder danach gegriffen, sie gar nicht mehr losgelassen. Eine seltsame Empfindung, die sie ganz durcheinanderbrachte.

Zum Glück brach Titus das Schweigen, denn sie wäre nicht in der Lage gewesen, auch nur einen sinnvollen Satz hervorzubringen.

»Ich freue mich sehr über deine Einladung. Ich darf doch du sagen, oder?«

Stella nickte. Die Distanz, die zwischen ihnen geherrscht hatte, war durch den Händedruck aufgehoben. Warum sollte man sie künstlich aufrechterhalten?

»Schön.« Titus lächelte. »Aber bevor wir Weihnachten

miteinander feiern, sollten wir uns ein wenig kennenlernen, was meinst du? Vielleicht nimmst du die Einladung ganz schnell wieder zurück, wenn du weißt, mit wem du es zu tun hast.«

»Nein, das glaube ich nicht«, sagte Stella.

»Was hältst du davon, wenn wir morgen gemeinsam spazieren gehen?«

»Ich habe eine Tochter.«

»Ich weiß.« Titus warf einen Blick zum Strandkorb.

»Kein Problem?« Stella musterte ihn vorsichtig.

»Für mich nicht.« Titus sah Stella direkt in die Augen.

Sie konnte nur Aufrichtigkeit in seinem Blick erkennen.

»Gut. Dann bis morgen. Selbe Zeit, selber Ort?«, schlug sie vor.

»Ich werde da sein.« Titus schenkte ihr ein letztes Lächeln, dann wandte er sich abrupt ab und ging davon.

Stella spürte, wie sich ihre Lippen zu einem Grinsen verzogen. Auf einmal fühlte sich das Leben so leicht und wunderbar an. Beschwingt machte sie sich auf den Weg zu Luisa.

Ihre Tochter saß noch immer im Strandkorb, die Möwe neben sich. Luisa redete auf den Vogel ein und es schien, als würde er ihr zuhören. Doch Stella hatte die beiden noch nicht ganz erreicht, da verdunkelte sich plötzlich der Himmel über ihr und ein grausiges Krächzen dröhnte durch die Luft.

Wie Artilleriegeschosse kamen zwei Raben angeflogen und hielten direkt auf den Strandkorb zu. Wollten diese

Viecher Luisa angreifen? Stella stockte der Atem, im selben Augenblick sprintete sie los.

»Weg da, ihr Biester!«, rief sie und fuchtelte wild mit den Armen.

Gleichzeitig erhob sich die Möwe in die Luft und stieß einen lauten Schrei aus. Sie spannte ihre Flügel auf und platzierte sich wie ein Abwehrschild vor Luisa. Die Raben suchten hysterisch krächzend das Weite, die Möwe flog drohend hinter ihnen her. Hätte Stella dieses Schauspiel nicht mit eigenen Augen beobachtet, sie hätte es nicht für möglich gehalten.

»Mama, Mama, hast du das gesehen? Die Möwe hat mich gerettet.« Luisa sprang auf und klammerte sich an ihre Mutter.

»Alles gut, mein Schatz«, sagte Stella.

Sie strich ihrer zitternden Tochter über die Haare und legte den Kopf in den Nacken. Nachdenklich blickte sie in den Himmel.

»Danke, du gute, liebe Möwe. Vielen, vielen Dank.« Stella sprach die Worte nur ganz leise, aber sie war sich sicher, dass die Möwe sie hören würde.

19

Die zwei Raben konnten nur eins bedeuten: Die Brüder Kiekbusch waren in Anmarsch. Nachdem sich Stella vergewissert hatte, dass es Luisa gut ging, drängte sie zum Aufbruch.

»Wir müssen nach Hause, Lulu. Schnell.«

»Wieso? Ich war noch gar nicht am Leuchtturm. Die Möwe beschützt uns.«

»Ich weiß, Liebes. Wir gehen morgen, ja?«

»Na gut.« Luisa tappte folgsam neben Stella her.

Sie hatten das Gartentor gerade erreicht, da fuhr der dunkle Wagen des Doktors vor. Am Beifahrersitz saß Ingmar Kiekbusch. Die beiden Brüder diskutierten heftig miteinander und bemerkten gar nicht, dass Stella und Luisa gerade zum Haus gingen.

Stella zog ihre Tochter schnell in den Flur und nahm sie zur Seite.

»Lulu, hör mir gut zu. Ich habe eine Bitte an dich, aber ich kann dir jetzt nicht erklären, warum ich das von dir möchte. Tu es einfach, in Ordnung?«

»Was soll ich tun, Mama?«

»Du gehst in dein Zimmer und spielst. Aber lass deine Tür offen. Wenn du hörst, dass ich mit dem Glöckchen klingle, das im Wohnzimmer auf der Anrichte steht, dann fängst du ganz laut zu weinen an.«

»Wieso soll ich weinen?« Luisa schaute ihre Mutter verständnislos an.

»Das ist ein Spiel. Ich erkläre es dir später«, sagte Stella hastig, denn sie erkannte die Umrisse der Brüder Kiekbusch bereits durch das Fensterglas der Haustür.

Eine Sekunde später ertönte die Klingel.

»Tust du das für mich?« Stella ging in die Hocke, legte Luisa die Hände auf die Schultern und sah ihr fest in die Augen.

Luisa kniff die Lippen zusammen und nickte.

»Gut. Wenn das Glöckchen klingelt, ja? Dann weinst du, so laut du kannst.« Stella sah ihre Tochter eindringlich an.

»Ja, Mama.« Luisa rannte nach oben.

Stella öffnete die Haustür und ließ den Arzt herein. Sein Bruder Ingmar erklärte, dass er sich die quietschenden Fensterläden ansehen wolle, und wackelte mit einer Flasche Schmieröl in der Hand, bevor er sich draußen ans Werk machte.

»Es wundert mich, dass Sie schon heute kommen«, sagte Stella und bat den Arzt herein. »Viel früher als erwartet.«

»Wissen Sie, Frau Linnenbürger liegt mir am Herzen. Weihnachten rückt immer näher – ich möchte, dass sie an Heiligabend so fit wie möglich ist.« Die Lippen von Eugen Kiekbusch verzogen sich zu einem Lächeln, doch die Fältchen um seine Augen blieben starr, genau wie sein Blick.

»Das ist wirklich sehr aufmerksam von Ihnen«, sagte Stella.

Sie ging voran ins Wohnzimmer. Auf dem Fensterbrett saßen die beiden Raben und starrten mit kalten Blick ins Zimmer. Die anderen Vögel, die sonst so lustig durch den Garten hüpften oder ihren Hunger im Vogelhäuschen stillten, hatten bereits das Weite gesucht.

Hilde saß auf ihrem Sessel und bekam von alledem nichts mit. Sie war eingenickt und schnarchte leise. Stella legte ihr sanft eine Hand auf die Schulter.

»Hilde, wach auf. Doktor Kiekbusch ist hier.«

»Ggggrhhh«, grunzte Hilde und schreckte hoch. Sie wirkte ein wenig orientierungslos. »Oh, ich muss wohl eingedöst sein.« Verlegen strich sie sich eine Haarsträhne aus der Stirn.

»Schlafen ist immer noch die beste Medizin«, sagte Eugen Kiekbusch. »Und um den Rest kümmere ich mich.« Er griff nach seiner Tasche und holte eine Spritze hervor. »Wenn Sie uns dann bitte allein lassen würden.« Er warf Stella einen auffordernden Blick zu.

Diese ging zur Tür und griff dabei nach der Glocke auf der Anrichte. Ein lautes Klingeln ertönte. Hilde und der Arzt erschraken.

»Huch, bitte entschuldigt«, sagte Stella und tat so, als hätte sie die Glocke im Vorbeigehen versehentlich hinuntergeworfen. Zeitgleich setzte lautes Gebrüll ein, das vom ersten Stock bis ins Erdgeschoss drang. »Oh je, das ist Luisa. Es muss etwas passiert sein. Herr Doktor, schnell!«

Eugen Kiekbusch starrte für einen Moment auf die

Spritze in seiner Hand, dann legte er sie beiseite, griff nach seiner Tasche und eilte nach oben. Stella fasste in eine Schublade der Anrichte, holte eine Spritze mit Kochsalzlösung heraus und tauschte sie gegen das Exemplar des Arztes. Hilde sah sie fragend an.

Stella legte einen Finger auf ihre Lippen. »Später«, zischte sie und folgte eilig dem Arzt nach oben.

Luisa saß weinend am Boden ihres Zimmers und rieb sich die Augen.

»Was hast du denn, Liebes?«, fragte Stella und stürzte zu ihr.

»Machen Sie sich keine Sorgen. Sie hat mit dem Stuhl geschaukelt und ist auf den Boden gefallen. Aber bis auf einen gehörigen Schrecken ist nichts passiert«, sagte der Arzt. Mahnend hob er den Finger. »Sowohl Schreck als auch Schmerz sind nützlich«, klärte er das kleine Mädchen auf. »Sie werden dich daran erinnern, in Zukunft solche Torheiten zu unterlassen.«

»Ja, da hat der liebe Onkel Doktor ganz recht«, sagte Stella und unterdrückte ein Schmunzeln. »Luisa ist ein sehr aufgewecktes Kind. Das Temperament geht manchmal ein wenig mit ihr durch. Nicht wahr, Lulu?« Sie zwinkerte ihrer Tochter zu.

»Darüber brauchen Sie sich keine Sorgen zu machen. Aufgewecktheit zeugt von gutem Ernährungszustand und einem dienlichen Lebensumfeld.« Eugen Kiekbusch strich Luisa ungelenk über den Kopf. Es schien, als würde er einen Hund streicheln, den er eigentlich nicht streicheln wollte, es dem Besitzer zuliebe aber tat. Ruckartig zog er die Hand zurück und wandte sich zum Gehen. Im Türrahmen blieb er noch einmal stehen. »Behalten Sie die kleine Luisa ein wenig im Auge. Sollte sie über Übelkeit oder Kopfschmerzen klagen, rufen Sie mich jederzeit an.« Mit zackigen Schritten eilte er die Treppe hinab.

»Das hast du toll gemacht, Lulu«, flüsterte Stella. »Ich bin stolz auf dich.«

»Ich bin wirklich vom Stuhl gefallen«, sagte Luisa und senkte beschämt den Kopf.

»Was?«

»Ja. Ich habe die Klingel gehört und bin erschrocken und …«

»Herrje, Liebes! Hast du dir wehgetan?« Stella musterte ihre Tochter kritisch.

»Nur ein bisschen.« Luisa fasste sich an die Hüfte.

»Zeig mal her.« Stella schob den Pullover nach oben und tastete die Stelle ab. »Tut das weh?«

»Fast gar nicht mehr.«

»Soll ich pusten?«

»Jaaaa.«

»Heile, heile. Pppppphhhhhhh.« Stella blies auf die Stelle.

»Ui, das kitzelt.« Luisa gluckste vergnügt.

»Ppppppphhhhhhhhh«, pustete Stella noch doller.

Aus dem Glucksen wurde ein Lachen. Schon bald waren die Tränen vergessen, vor allem, nachdem Stella versprochen hatte, dass es Pfannkuchen zum Abendessen geben würde.

20

Stella räumte das Geschirr in die Spülmaschine. Hilde saß am Küchentisch. Ihr Schweigen hallte durch den Raum. Seit der Arzt gegangen war, hatte Hilde kein Wort mehr mit Stella gewechselt. Nur Luisa hatte sie eine gute Nacht gewünscht, ansonsten blieb die alte Dame stumm und starrte verdrossen vor sich hin.

Energisch klappte Stella den Deckel des Geschirrspülers zu. Die Küche konnte sie auch später noch aufräumen. Jetzt war es an der Zeit, ein klärendes Gespräch mit Hilde zu führen. Sie nahm eine Flasche Eierlikör aus dem Kühlschrank und schenkte zwei Gläschen ein.

»Es tut mir leid, Hilde. Lass mich bitte erklären, warum ich die Spritzen getauscht habe.« Stella setzte sich an den Tisch und schob Hilde eins der Gläser hin.

»Da gibt es nichts zu erklären. Ich kann mir schon denken, was deine Beweggründe sind. Du willst meinem Elend ein Ende bereiten. Aber ich habe nur noch dieses eine Weihnachten, Stella. Und es ist mir wichtig. Sehr wichtig.« Hildes Stimme klang brüchig, die alte Frau war den Tränen nahe. Hastig griff sie nach dem Glas und trank einen Schluck.

»Du denkst, ich will dir schaden?« Stella riss die Augen auf. »Aber Hilde, das Gegenteil ist der Fall. Ich will dich beschützen.«

»Das verstehe ich nicht.«

»Hilde, hör mir zu: Ich bin auf deiner Seite. Ich bin hier, damit wir alle zusammen ein wunderschönes Weihnachtsfest feiern. Aber ich glaube, dass dieses Weihnachtsfest nicht dein letztes sein muss. Doktor Kiekbusch führt irgendetwas im Schilde. Ich weiß nicht, was. Und ich weiß nicht, warum. Aber ich glaube, dass dir seine Spritzen mehr schaden als nutzen. Deshalb habe ich sie getauscht. Ich werde den Inhalt der Spritze untersuchen lassen.«

Stella hatte sich von Doktor Brandt die Adresse eines Labors geben lassen. Sie wollte unbedingt wissen, was wirklich in den Spritzen war und nicht nur auf ihre Beobachtung vertrauen.

»Was redest du denn da? Doktor Kiekbusch behandelt mich seit Jahrzehnten. Er würde mir niemals schaden.« Hilde wirkte empört.

»Hilde, ich arbeite schon zwanzig Jahre als Altenpflegerin. Ich habe viele Krankheiten gesehen, viele Leute beim Sterben begleitet. Glaub mir, du bist keine Kandidatin, die an der Schwelle zum Tod steht. Du wirst krank gemacht.« Stella legte ihre Hand auf die von Hilde.

Sie rechnete damit, dass die alte Frau den Körperkontakt sofort unterbrechen würde, aber das war nicht der Fall. Stattdessen legte Hilde sogar die zweite Hand obenauf und seufzte.

»Es ist schon so, dass es mir jedes Mal nach den Aufbauspritzen richtig schlecht geht. Aber der Doktor meint, das ist ein Zeichen, dass die Medizin wirkt.«

»Ja, das glaube ich auch. Sie wirkt schädlich. Irgendetwas führt der Mann im Schilde. Aber ich weiß nicht, was. Du hast ihn doch nicht etwa in deinem Testament bedacht?«

Hilde lachte freudlos. »Ach, wo denkst du hin. Zumal es bei mir nicht viel zu holen gibt.«

»Irgendeinen Grund muss es geben«, beharrte Stella auf ihrer Meinung.

»Ich weiß es nicht«, sagte Hilde. Sie wirkte auf einmal ganz erschöpft und in sich zusammengesunken.

»Ich werde es herausfinden«, sagte Stella.

Sie wusste zwar noch nicht, wie sie das anstellen sollte, aber ihr würde schon etwas einfallen.

»Danke, meine Liebe.« Hilde sah Stella eindringlich an. »Mir fällt ein Stein vom Herzen. Ich dachte tatsächlich, ich hätte mich in dir getäuscht. Dabei hatte ich von der ersten Sekunde an das Gefühl, dass du ein guter Mensch bist.«

»Das sagst du nur, weil ich dir einen Eierlikör gebracht habe«, sagte Stella. Sie war gerührt von Hildes Worten und wollte mit dem Scherz ihre Verlegenheit kaschieren.

»Da könntest du recht haben. Ein Gläschen in Ehren …« Hilde erhob schmunzelnd das Glas.

Die Frauen stießen an.

»Auf die Gesundheit«, sagte Stella.

»Auf Weihnachten«, erwiderte Hilde. »Mögen wir ein frohes Fest gemeinsam feiern.«

Bei diesen Worten musste Stella an Titus denken. Und dass sie ihn an Heiligabend zum Essen eingeladen hatte. Bis jetzt wusste Hilde noch nichts davon. War jetzt ein guter Zeitpunkt, um die alte Dame vorzuwarnen?

Stella entschied sich dagegen. Erst einmal würde sie Titus ein wenig kennenlernen. Beim Gedanken an den morgigen Spaziergang kribbelte es heftig in ihrem Bauch. Sie dachte an sein schönes Gesicht mit den leuchtenden Augen und den alten, zerlumpten Mantel, der so gar nicht dazu passen wollte. Welche Geschichte verbarg sich hinter diesem Widerspruch? Wer war dieser Mann, der Stellas Herz höherschlagen ließ?

21

»Hier sieht's ja aus wie in einem Katalog für Weihnachtsdekoration.« Gunnar hatte seinen Transporter vor dem Haus geparkt und begutachtete ungläubig den überall funkelnden Weihnachtsschmuck.

Es war noch früh am Samstagmorgen und noch gar nicht richtig hell. Eine dünne Reifschicht bedeckte Bäume, Sträucher, Blumentöpfe und Zäune. Da wirkten das Glitzern der Lichter und das Schimmern der Kugeln, Engel und Sterne natürlich besonders schön.

Luisa trug noch ihren Schlafanzug, hatte aber unbedingt mit nach draußen gewollt, als sie gehört hatte, dass der Weihnachtsbaum geliefert wurde. Eilig hatte ihr Stella wenigstes den Mantel übergeworfen, als Luisa in Pantoffeln aus dem Haus gestürmt war. Ein krankes Kind hätte ihr gerade noch gefehlt.

»Habt ihr den Nikolaus überfallen?«, fragte Gunnar.

»Nein, haben wir nicht«, sagte Luisa.

»Dann habt ihr ein Kaufhaus ausgeraubt«, sagte Gunnar.

»Nein. Gar nicht wahr.« Luisa kicherte.

»Glaub ich dir nicht«, neckte Gunnar das kleine Mädchen.

»Wohl.« Luisa verschränkte trotzig die Arme vor der Brust.

»Und womit willst du jetzt den Weihnachtsbaum schmücken? Ihr habt ja schon alles im Garten aufgehängt.« Gunnar zupfte an der Lichterkette, die den Gartenzaun schmückte.

»Haben wir nicht. Es sind noch drei Kartons übrig«, erklärte Luisa stolz.

»So, so. Na hoffentlich ist der Baum dann groß genug«, brummte Gunnar und hievte ihn von der Ladefläche.

»Huch, der ist ja riesig«, sagte Stella überrascht.

»Soll er in die Garage oder auf die Terrasse?«, fragte Gunnar.

»Gleich ins Haus. Also, falls er überhaupt hineinpasst«, sagte Stella und kniff skeptisch die Augen zusammen.

»Zur Not schneiden wir die Spitze ab«, sagte Gunnar und verzog dabei keine Miene.

Er warf sich das Monstrum über die Schulter und schleppte es eigenhändig zur Haustür. Stella bot ihre Hilfe an, doch die lehnte er ab. Das wäre ja noch schöner, wenn er Frauen seine Bäume schleppen ließe.

»Grundgütiger, was ist das denn?«, fragte Hilde entsetzt, als sie die Haustür öffnete.

»Unser Weihnachtsbaum«, sagte Stella.

»Und wo soll der hin? Wir werden ein Loch in die

Decke schneiden müssen.« Hilde begutachtete das Monstrum mit geneigtem Kopf.

»Keine Sorge, die Damen. Der alte Gunnar macht das schon.« Lässig schleppte er das Ungetüm ins Wohnzimmer.

»Was macht der alte Gunnar? Ein Loch in die Decke?«, fragte Hilde.

»Nein. Er schneidet einfach die Spitze ab, wenn der Baum zu groß ist«, erklärte Luisa wichtigtuerisch.

»Na dann. Gute Idee.« Hilde lachte kopfschüttelnd.

»Wo soll das gute Stück denn hin?«, fragte Gunnar.

»Hier in die Ecke. Ich habe den Christbaumständer schon bereitgestellt«, sagte Stella.

Hastig rückte sie noch Hildes Ohrensessel zur Seite und verschob das Beistelltischchen. Jetzt sollte es gehen.

Gunnar platzierte den Baum im Ständer, aber er war tatsächlich ein wenig zu groß.

»Das haben wir gleich.« Gunnar verschwand aus dem Zimmer, stapfte zu seinem Lieferwagen und kam mit Axt und Säge zurück. Fachmännisch stutzte er den Stamm und hob den Baum dann wieder in den Ständer. Mit einem Teppichmesser zerschnitt er das Transportnetz und entfernte es mit geübten Griffen. Die Äste entfalteten sich zur vollen Größe und erst jetzt wurde deutlich, wie prächtig die Tanne wirklich war. Dunkelgrün, kerzengerade und von dichtem, gleichmäßigem Wuchs.

»Ich glaube, das ist der schönste Weihnachtsbaum, den ich je gesehen habe«, sagte Hilde und schlug die Hände vor den Mund.

Gunnar konnte ein stolzes Lächeln nicht unterdrücken. Während Hilde das Finanzielle mit ihm regelte, holte Stella den Staubsauger und befreite den Boden von den Sägespänen. Im Raum breitete sich bereits der Geruch nach Holz und Tannengrün aus und versetzte Luisa sofort in weihnachtliche Stimmung. Sie summte die Melodie von »Kling, Glöckchen, klingelingeling« und hüpfte auf einem Bein im Wohnzimmer herum.

»Mama, schmücken wir den Baum jetzt gleich?«, fragte sie, kaum hatte Gunnar das Haus verlassen.

»Du ziehst dich jetzt erst einmal an. Und dann gibt es Frühstück«, sagte Stella.

Sie nahm Luisa an die Hand und ging mit ihr nach oben. Das Telefon klingelte.

»Ich komme gleich, Lulu«, sagte Stella und trabte wieder nach unten.

Hilde hatte das Gespräch bereits angenommen und streckte Stella den Hörer entgegen. »Es ist für dich. Lilo, vom Café am Marktplatz.«

»Guten Morgen, Lilo. Gunnar hat uns gerade den größten Weihnachtsbaum im ganzen Land geliefert. Vielen Dank für den Tipp.«

»Sehr gerne. Bitte, entschuldige, dass ich so früh anrufe, aber Steffen fährt heute mit Eva auf den Ponyhof und da dachte ich, das wäre doch vielleicht schön für Luisa, wenn sie mitkommen könnte. Also, falls sie Pferde mag.«

»Gibt es auf dem Hof auch Einhörner?«, fragte Stella.

»Hm, gute Frage.« Lilo lachte.

»Luisa liebt Pferde. Sie wird ganz aus dem Häuschen sein, wenn ich ihr davon erzähle.«

»Toll. Eva freut sich auch. Sie findet Luisa super. Und du hast dann mal ein wenig Luft, das kann nicht schaden.

Steffen holt Luisa in einer Stunde ab, ist das in Ordnung?«

»Ich kann sie vorbeibringen, ich muss sowieso kurz in die Stadt«, sagte Stella.

»Auch gut. Dann bis später.«

»Bis später. Und Lilo – danke. Das ist wirklich lieb von dir, dass du an uns denkst.«

»Keine Ursache.«

Stella legte den Hörer auf die Ladestation und erzählte Hilde von Lilos Vorschlag.

»Ach, das wird die kleine Lulu freuen. Und es ist schön, wenn sie mal unter Kinder kommt. Bestimmt vermisst sie ihre Freundinnen schon ganz arg.« Hilde kramte nach ihrer Geldbörse und holte fünf Euro heraus. »Kleiner Zuschuss.«

»Aber Hilde, das braucht es doch nicht«, wehrte Stella das Geld ab.

»Keine falsche Bescheidenheit. Was soll ich im Grab mit dem bedruckten Papier?« Hilde zwinkerte Stella zu und drückte ihr den Schein in die Hand.

»Danke, du Liebe.«

»Das letzte Hemd hat keine Taschen, hat mein Vater immer gesagt. Wir sollten es uns auf Erden gut gehen lassen und nicht alle Hoffnung auf das Himmelreich verlagern, nicht wahr?«

Stella half Hilde ins Wohnzimmer. Die alte Dame hatte der Ehrgeiz gepackt und der Rollstuhl blieb nun meist unbenutzt in einer Ecke stehen. Hilde wollte unbedingt wieder fit genug werden, um den Leuchtturm zu besuchen. Jeder Schritt war mühsam für sie, aber Stella hatte den Eindruck, dass sich die Anstrengung lohnte.

Bevor sie nach oben zu Luisa gehen konnte, kam diese schon ins Wohnzimmer geflitzt. Fertig angezogen mit ihrem Lieblingswinterkleid aus rotem Cordstoff und einer dicken schwarzen Strumpfhose.

Wie groß mein kleines Mädchen schon ist, dachte Stella gerührt, aber mit einem Hauch von Melancholie.

Bald würde Luisa in die Schule kommen, den Führerschein machen, von zu Hause ausziehen, einen Beruf erlernen oder studieren und selbst eine Familie gründen. Die Zeit war so ein flüchtiges Ding.

»Lulu, das hast du wirklich toll gemacht mit dem Anziehen. Aber ich glaube, wir sollten hochgehen und etwas anderes aussuchen.«

»Warum?« Luisa sah traurig an sich hinunter.

»Weil ich eine ganz tolle Überraschung für dich habe. Es ist heute wohl besser, wenn du eine Hose anziehst.«

»Was für eine Überraschung, Mama?«

»Was würdest du davon halten, mit Eva auf den Ponyhof zu fahren?«

»Auf den Ponyhof? Au ja!« Luisas Augen begannen zu leuchten.

Sie raste die Treppe ins Obergeschoss so schnell hinauf, dass Stella kaum hinterherkam. Eins war klar: Für Luisa würde dieser Tag ein Höhepunkt werden.

Nachdem Stella Luisa mehrmals hoch und heilig versprochen hatte, dass sie und Hilde den Weihnachtsbaum auf gar keinen Fall alleine schmücken würden, waren die beiden bereit zum Aufbruch.

Stella brachte Luisa in die Stadt und übergab sie in Steffens Obhut. Ein bisschen bang war ihr schon bei dem Gedanken, ihr kleines Mädchen allein auf den Ponyhof zu schicken, aber Luisa schien diese Bedenken nicht zu teilen. Sofort vertiefte sie sich mit Eva in ein angeregtes Gespräch über Pferde und verschwand mit ihrer neuen Freundin in deren Zimmer.

Steffen hingegen versicherte Stella, dass die Mädchen bei ihm in guten Händen waren. Er war selbst ein geübter Reiter und überdies bestens erprobter Ponyführer, weil Eva angeblich im Sattel gesessen hatte, bevor sie überhaupt den ersten Schritt getan hatte.

Nicht ganz von sämtlichen Sorgen befreit, aber doch um einiges beruhigter, verabschiedete sich Stella von ihrer Tochter mit einer festen Umarmung und tausend Küssen. Dann trat sie hinaus auf den Marktplatz.

Es herrschte vorweihnachtlicher Trubel und geschäftiges Treiben. Doch Stella hatte heute keinen Sinn für »Jingle Bells« und Glühweinduft, sie hatte vor ihrem Treffen mit Titus noch eine wichtige Aufgabe zu erledigen.

Mit der sorgfältig verpackten Spritze in der Hand betrat sie die Postfiliale und zog ihr Handy aus der Tasche. Sie schrieb die Adresse, die ihr Doktor Brandt genannt hatte, auf den Paketaufkleber und bezahlte das Porto für den Expressversand.

Schon bald würde sie Gewissheit haben, ob sie mit ihrer Vermutung richtig lag und Eugen Kiekbusch Hilde absichtlich Schaden zufügte. Stella hoffte sehr, dass sie sich irrte, aber ihr Bauchgefühl tendierte leider in eine andere Richtung. Und auf ihr Bauchgefühl war normalerweise Verlass.

22

Stella überbrückte die Zeit bis zum Treffen mit Titus mit Hausarbeit. Sie saugte, wischte, wusch Wäsche und brachte das Bad auf Hochglanz. Sie kochte Hilde eine wärmende Suppe und achtete darauf, dass sie ihre Medikamente nahm. Auf Anraten von Doktor Brandt hatte sie noch ein Vitamin- und Mineralienpräparat besorgt, dass Hildes Genesung unterstützen sollte.

Doch irgendwann war es so weit und sie konnte die Zeit nicht weiter dehnen und strecken. Sie musste sich anziehen und an den Leuchtturm gehen, wenn sie Titus nicht warten lassen wollte.

Und das wollte sie auf keinen Fall. Gleichzeitig hatte sie Angst. So viele Fragen geisterten durch ihren Kopf. War es richtig, sich mit einem wildfremden Mann zu treffen? Warum schlug ihr Herz in seiner Gegenwart so schnell? Welches Geheimnis verbarg er? Und war sie überhaupt bereit, sich jemals wieder auf einen Mann einzulassen?

Nur mit der Ruhe, ermahnte sich Stella, als das

Chaos in ihrem Kopf überhandnahm. Es ist nur ein Spaziergang.

Eine steife Brise hatte den morgendlichen Nebel und die Wolken vertrieben und der Wintersonne Platz gemacht. Die Landschaft zeigte sich in einer bizarren Schönheit. Das Meer schimmerte in einem silbernen Blau, trockenes Dünengras bog sich raschelnd und knisternd im Wind. Reifüberzogene Äste und winzige Eiszapfen glitzerten in der Sonne, geplagt vom Los der Vergänglichkeit. Schon in kurzer Zeit würde der Hauch winterliche Pracht dahingeschmolzen sein und nur noch kleine Pfützen an den kurzen vorweihnachtlichen Glanz erinnern.

Stella marschierte mit festen Schritten zum Leuchtturm. Das tat sie immer, wenn sie nervös war – besonders kraftvoll auftreten. Nur keine Schwäche zeigen, mutig sein. Manchmal konnte man sich selbst überlisten.

Heute jedoch schlug Stella das Herz trotzdem bis zum Hals. Und ihre Hände waren ganz feucht. Gut, dass sie einen dicken Schal und Handschuhe trug, so konnte sie wenigstens die körperlichen Anzeichen ihrer Unsicherheit verstecken. Dass ihre Stimme wie ein heiseres Krächzen klang, als sie eigentlich ein melodisches »Hallo, schön, dich zu sehen« von sich geben wollte, dagegen war sie allerdings machtlos.

Titus schien es nicht zu stören, vielleicht bemerkte er es auch gar nicht. Denn er schien voller Freude zu sein, Stella zu sehen, auf jeden Fall ließen das Leuchten seiner Augen und das strahlende Lächeln in seinem Gesicht kaum einen anderen Rückschluss zu.

Stella und Titus reichten sich etwas ungelenk die

behandschuhten Hände, obwohl ein jeder von ihnen den anderen am liebsten in den Arm geschlossen hätte. Doch das schien beiden ein wenig unpassend zu sein, schließlich kannte man sich kaum. Mit ein wenig Abstand zwischen sich wanderten sie los, immer am Meer entlang.

»Wo ist deine Tochter?«, fragte Titus. »Ich hoffe, du hast sie nicht wegen mir nicht dabei.«

»Nein, Luisa ist auf dem Ponyhof.«

»Verstehe. Da kann ein Strandspaziergang natürlich nicht mithalten.«

»So ist es.« Stella lachte. »Aber es ist auch ganz schön, mal etwas Zeit für sich zu haben.«

»Das kann ich mir vorstellen. Du arbeitest hier?«, fragte Titus.

»Im Moment, ja. Ich bin Altenpflegerin bei einer Zeitarbeitsfirma. Ich springe immer dort ein, wo Not am Mann ist. Aber normalerweise nur in meiner Heimatstadt, sonst würde das mit Luisas Betreuung nicht klappen.«

»Das hört sich stressig an.«

»Ja, manchmal schon. Aber dieser Job hier ist wunderbar. Hilde, die Frau, um die ich mich kümmere, ist reizend. Und wann hat man schon mal das Vergnügen, Weihnachten in einem Haus direkt am Meer zu feiern? Da fühlt sich die Arbeit fast wie Urlaub an.« Stella blieb stehen, atmete tief ein und blickte auf die Wellen.

Sie konnte sich einfach nicht sattsehen an den Sonnenstrahlen, die in goldenen Sprenkeln auf der unruhigen Wasseroberfläche glitzerten, an den kreischenden Möwen, den vorbeiziehenden Wolken, dem endlosen Horizont.

»Nun, ich denke, die meisten würden den Sommer für eine Reise ans Meer vorziehen«, sagte Titus.

»Stimmt. Aber ich mag die Einsamkeit. Die Ruhe, die Weite. Wie ist das bei dir? Machst du Urlaub hier? Oder wohnst du in der Nähe?«

»Hm, das ist etwas kompliziert«, sagte Titus.

Oh je, dachte Stella. Fettnäpfchen! Hatte sie mit ihren Vermutungen doch richtig gelegen? Plagten Titus Geldsorgen? Oder steckte er in einer üblen Beziehungskrise? Auf jeden Fall hörte es sich so an, als würde sich Titus gerade in einer schwierigen Situation befinden.

»Mit kompliziert kenne ich mich aus«, sagte Stella, um Titus die Befangenheit zu nehmen.

»Du sprichst von Luisas Vater?«, fragte Titus.

»Er interessiert sich nicht für sie«, sagte Stella.

»Das muss schwer für euch sein.«

»Luisa ist jetzt fünf. Sie fragt immer öfter nach, warum sie keinen Papa hat. Es fällt mir schwer, ihr die Wahrheit zu sagen. Ich habe Angst, dass sie glaubt, dass es ihre Schuld ist. Dass sie nicht liebenswert ist.« Stella seufzte. »Und, bist du verheiratet? Kinder? Haus und Hof?«

Titus schüttelte den Kopf. »Nein, nichts davon. Ich hatte bisher kein Glück in der Liebe.«

Er warf Stella einen eindringlichen Blick zu, der ihr eine Gänsehaut bescherte. Es lag so viel Sanftheit, Wärme und Herzlichkeit darin. Sie fragte sich, warum ein Mann wie Titus Single war.

Langsam gingen sie weiter, immer an der Wasserkante entlang. Stella wartete darauf, dass Titus aus seinem

Leben erzählte, doch er schwieg, während sein Blick nachdenklich über das Meer streifte.

Stella spürte eine seltsame Verbundenheit zu Titus, obwohl sie ihn kaum kannte, und obwohl er so gut wie nichts über sich und sein Leben verriet. Trotzdem fühlte sie sich ihm nahe, auf eine sehr vertraute Art und Weise. Es war ein schönes Gefühl. Schön, aber auch verwirrend.

23

Reichlich durcheinander kam Stella von dem Spaziergang mit Titus nach Hause. Sie konnte das Chaos in ihrem Kopf gar nicht in Worte fassen. Aber es hatte sich ein hartnäckiges Lächeln auf ihr Gesicht gestohlen, das einfach nicht mehr weichen wollte. Und ihr war ganz warm und luftig leicht zumute. So fühlte es sich an, wenn man verliebt war.

Du verrücktes Huhn, dachte Stella.

Für die Liebe war im Moment wahrlich kein Platz in ihrem Leben. Noch dazu mit einem nahezu Fremden, der kaum etwas von sich preisgab. Stella versuchte, die überwältigenden Gefühle, die sie in Titus' Nähe empfunden hatte, kleinzureden. Ein Schutzmechanismus, um sich nicht noch einmal in den falschen Mann zu verlieben. Aber sie wusste, dass sie sich selbst etwas vormachte. Denn Titus hatte sich bereits in Stellas Herz geschlichen, ohne, dass sie etwas dagegen tun konnte.

Nach dem Spaziergang kannte er ihre ganze Lebensgeschichte. Während sie Kilometer um Kilometer am

Strand auf und abgewandert waren, hatte Stella freimütig erzählt – von ihrer Kindheit, ihrer Arbeit, dem renovierungsbedürftigen Haus, den netten Nachbarn, von Luisas überbordender Fantasie und all den kleinen und großen Alltagsfreuden und -sorgen, die ihr jeden Tag begegneten. Sie hatte nicht das Bedürfnis gehabt, etwas zu beschönigen oder ihr Leben glanzvoller darzustellen, als es tatsächlich war.

Zum Abschied hatte Stella noch einmal die Einladung für Heiligabend wiederholt. Sie war sich ziemlich sicher gewesen, dass Titus ablehnen würde, jetzt, wo er wusste, was für eine gewöhnliche Frau sie war.

Doch zu ihrer Überraschung hatte er zugesagt.

»Ich würde dein Angebot sehr gerne annehmen.« Ein breites Lächeln brachte sein Gesicht zum Strahlen. »Also, falls es keine Umstände macht.«

Umstände machte es keine. Aber Hilde musste eingeweiht werden. Schließlich war es ihr Haus und es war irgendwie auch ihr Weihnachtsfest. Mit einer Kanne Tee und einem Teller Plätzchen setzte sich Stella zu Hilde ins Wohnzimmer. Die alte Dame legte das Buch beiseite, in dem sie gerade geschmökert hatte, und lächelte Stella an. Sie wirkte schon viel frischer als in den vergangenen Tagen, der Rollstuhl kam kaum mehr zum Einsatz.

»Na, war es schön draußen?«, fragte Hilde. »Deine Wangen leuchten ganz rosig. Und deine Augen strahlen. Man könnte meinen, du bist verliebt.«

»Wie kommst du denn darauf?«, antwortete Stella heftiger als beabsichtigt.

Sie fühlte sich ertappt. Konnte Hilde etwa Gedankenlesen? Oder stand Stella der Zustand so deutlich ins Gesicht geschrieben?

»Na ja, ich habe Augen im Kopf und eine Menge Lebenserfahrung«, sagte Hilde. »Außerdem mag ich Liebesromane.« Sie klopfte mit den Fingern auf das Buch neben sich.

»Es gibt da tatsächlich etwas, das ich dir sagen muss.« Stella rieb sich verlegen das Kinn.

»Ich höre.« Hilde lächelte verschmitzt.

»Also, am Strand, da geht immer ein Mann spazieren. Ganz allein. Er trägt einen alten Mantel und ausgetretene Schuhe. Ich dachte mir, dass er vielleicht kein Zuhause hat oder … Ach, keine Ahnung. Auf jeden Fall habe ich ihn gefragt, ob er Hilfe braucht. Was er verneinte. Dann habe ich ihm Plätzchen mitgebracht, über die er sich sehr gefreut hat. Und schließlich habe ich ihn eingeladen, mit uns Weihnachten zu feiern. Ich fand den Gedanken total traurig, dass er Heiligabend weder ein Dach über den Kopf noch ein warmes Essen hat.«

»Du hast einfach so einen Obdachlosen eingeladen?« Hilde warf Stella einen ungläubigen Blick zu.

»Nicht einfach so. Titus ist … Er … Also …« Stella fehlten die Worte, um auszudrücken, was sie in Titus' Nähe empfand.

»Aha, Titus heißt er also«, sagte Hilde. »Und heute warst du mit ihm spazieren.«

»Ja. Das war sein Vorschlag. Er meinte, wir sollten uns vielleicht erst ein bisschen kennenlernen, bevor wir Weihnachten miteinander feiern.«

»Klingt vernünftig. Und, was macht dieser Titus so?« Hilde griff nach der Tasse Tee und trank einen Schluck.

»Das weiß ich nicht. Irgendwie ist er immer ausgewichen, wenn ich eine Frage gestellt habe. Dafür kennt er jetzt mein ganzes Leben.« Stella steckte sich ein Plätzchen in den Mund.

Zugegeben, das war schon ein wenig seltsam, wenn sie darüber nachdachte.

»Na ja, wenn er tatsächlich obdachlos ist, ist es verständlich, dass er nicht darüber sprechen möchte«, sagte Hilde. »Wahrscheinlich ist er nicht gerade stolz darauf.«

»Ja, das mag sein. Vielleicht steckt aber auch etwas ganz anderes dahinter. Eine Frau, mit der er Stress hat. Immerhin meinte er, er hätte bisher kein Glück in der Liebe gehabt.« Stella seufzte und aß noch ein Plätzchen. »Das wäre mal wieder typisch für mich. Ich habe ein Talent dafür, mich in den Falschen zu verlieben.«

»Nun, ich denke, am besten wäre es, ihn direkt darauf anzusprechen, meinst du nicht? Wann seht ihr euch denn wieder?«

»Das weiß ich nicht«, gab Stella bedrückt zu.

Titus' Anwesenheit hatte sie so durcheinandergebracht, dass sie ganz vergessen hatte, danach zu fragen. Und von sich aus hatte er auch keinen Vorschlag gemacht. Sie hatten nicht einmal Nummern getauscht.

»Na, dann wirst du dich aufs Schicksal verlassen müssen«, sagte Hilde. »Das ist nicht die schlechteste Methode.«

»Bisher hat es das Schicksal hinsichtlich der Liebe nicht so gut mit mir gemeint«, sagte Stella.

»Na ja, spätestens an Heiligabend wirst du ihn wiedersehen. Bis dahin sind es nur noch zehn Tage.«

»Du hast also nichts dagegen, dass er kommt?«

»Nein. Ich vertraue auf deine Menschenkenntnis. Außerdem war ich immer ein abenteuerlustiger Mensch. Das Leben mit zweiundneunzig kann ganz schön langweilig sein. Es schadet nicht, wenn ein wenig frischer Wind durchs Haus weht.«

»Du bist unglaublich, Hilde.« Stella stand auf und fiel der alten Frau um den Hals.

Insgeheim fragte sie sich, wer da eigentlich wen betreute. Stella hatte sich schon lange nicht mehr so geborgen gefühlt wie in diesem kleinen Haus am Meer, zusammen mit dieser Frau, die trotz ihres fortgeschrittenen Alters und ihrer körperlichen Gebrechen solch eine Stärke und Lebenslust ausstrahlte.

Es klingelte an der Haustür. Stella eilte zur Tür, denn das konnte nur Luisa sein, die vom Ponyhof nach Hause kam.

»Mama, Mama, ich bin auf Puck geritten. Und ich habe Kinderpunsch getrunken. Aus einer Einhorntasse. Puck war schwarz und hat drei weiße Beine gehabt. Der ganze Stall war mit Lichterketten geschmückt. Sogar der Nikolaus war da und ist mit seinem Pferd über Hindernisse gesprungen.« Wie ein Wasserfall sprudelten die Worte aus Luisa heraus, als sie total aufgedreht ins Haus stolperte.

»Das ist ja alles ganz wunderbar, Liebes. Lass mich noch schnell mit Steffen reden, dann bin ich für dich da, ja?« Stella wandte sich an Lilos Mann, der lächelnd am Treppenabsatz wartete. »Danke, Steffen. Du hast Luisa eine riesige Freude gemacht. So glücklich habe ich sie schon lange nicht mehr gesehen.«

»Ach was, es war mir ein Vergnügen. Eva und Luisa verstehen sich prächtig. Und das Weihnachtsfest im Ponyhof ist wirklich ein wahres Paradies für die Mädchen. Es hat allen Spaß gemacht.«

Stella bedankte sich noch einmal und versprach, schon bald ins Café am Marktplatz zu kommen, dann winkte sie Steffen und Eva zum Abschied zu und ging zu Luisa und Hilde ins Wohnzimmer.

Wie nicht anders zu erwarten gewesen war, plapperte Luisa ohne Punkt und Komma. Was gab es nicht alles zu erzählen. Von weihnachtlich geschmückten Ponys, von Bratäpfeln, Lebkuchen und Kinderpunsch, von Reitvorführungen und Pferdezauber.

Doch es dauerte nicht allzu lange, da wich Luisas Überschwang einer ausgeprägten Müdigkeit. Noch bevor das Abendessen fertig war, rollte sie sich auf dem Sofa zusammen.

Stella setzte sich zu ihr und legte behutsam eine Decke über sie.

»Heute war ein schöner Tag«, murmelte Luisa. »Und morgen wird auch ein schöner Tag. Dann schmücken wir den Weihnachtsbaum.«

Bevor Stella darauf antworten konnte, war Luisa auch schon eingeschlafen.

24

Anstatt winterlichen Weihnachtsglanz verströmte der nächste Tag sonniges Frühlingsflair. Das Thermometer zeigte bereits um neun Uhr morgens zehn Grad, kein Wölkchen trübte den blauen Himmel.

»Ich glaube, heute bin ich fit genug, um mir den Leuchtturm anzusehen«, sagte Hilde beim Frühstück.

»Au ja, dann kann ich der Möwe vom Ponyhof erzählen«, sagte Luisa. »Und nachher schmücken wir den Baum.«

Stella schenkte sich lächelnd Kaffee nach. Es war schön, Hilde und Luisa so glücklich und voller Tatendrang zu sehen. Und sie freute sich darauf, gleich einen Abstecher zum Leuchtturm zu machen. Vielleicht war Titus ja auch dort? In ihrem Bauch breitete sich ein angenehmes Kribbeln aus.

Diesmal würde sie sich nicht von ihm verabschieden, ohne ein weiteres Treffen auszumachen und ihm ihre Handynummer zu geben, das nahm sie sich fest vor.

Wenig später brachen sie auf. Draußen zog sich Luisa als Erstes die Mütze vom Kopf.

»Puh, viel zu warm«, stöhnte sie. »Zu Weihnachten gehört doch Schnee.«

»Weihnachten hat man im Herzen, liebe Lulu«, sagte Hilde. »Da ist es ganz egal, ob es schneit oder nicht.«

»Mit Schnee ist es aber schöner«, sagte Luisa und hüpfte davon.

Hilde hakte sich bei Stella unter. Die andere Hand hatte sie auf einen Stock gestützt. Langsam schritten sie zur Gartenpforte, um Luisa zu folgen.

»Die Unbeschwertheit von Kindern ist beneidenswert«, sagte Hilde. »Man täte als Erwachsener gut daran, sie zu bewahren.«

»Das stimmt. Aber wenn einem das Leben erst einmal im Würgegriff hat, ist das gar nicht so leicht umzusetzen. Geht's bei dir? Oder sollen wir eine Pause machen?«

»Nein, es geht schon. Ich fühle mich erstaunlich fit. Was Doktor Kiekbusch all die Monate nicht geschafft hat, das vollbringst du ganz nebenbei in zwei Wochen. Du bist eine Zauberin.«

»Wenn ich zaubern könnte, dann würdest du jetzt hinter Luisa hergaloppieren«, sagte Stella lachend.

»Na, man muss es ja nicht gleich übertreiben.«

Die beiden Frauen hatten mittlerweile die Gartenpforte erreicht und traten nach draußen. Über ihre Köpfe zog schnatternd ein Schwarm Enten hinweg. Hilde hielt einen Moment inne und sah ihnen nach. Sie wirkte glücklich dabei.

Langsam legten sie den Weg bis zum Leuchtturm zurück. Am Strandkorb machten sie eine kleine Pause und lauschten schmunzelnd Luisas Geschichte, die sie der Möwe auftischte. Danach gingen sie zu dritt weiter.

Am Leuchtturm angekommen war Hilde sichtlich erschöpft, aber trotzdem strahlten ihre Augen und ihre Wangen schimmerten ganz rosig.

»Ist das schön! Luisa, da hast du wirklich eine tolle Idee gehabt.« Bedächtig spazierte Hilde um das Bauwerk herum, bis sie es einmal ganz umrundet hatte.

»Die Engel hat Lilo hingemacht«, erklärte Luisa. »Damit ist es noch schöner geworden.«

Hilde zeigte auf das Bänkchen, das vor dem Leuchtturm stand. »Ich werde mich ein wenig setzen und den herrlichen Blick aufs Meer auskosten. Es kommt mir wie eine Ewigkeit vor, dass ich hier gewesen bin.«

»Können wir am Strand spazieren gehen, Mama?«, fragte Luisa.

»Nein, Liebes. Wir leisten Hilde ein wenig Gesellschaft«, sagte Stella.

»Ach was, nicht nötig. Lauft ruhig los. Ich genieße inzwischen die Sonne und die Aussicht.« Hilde machte eine Handbewegung, als würde sie eine Fliege verscheuchen.

»Bist du sicher, dass …«

»Ja, bin ich«, fiel sie Stella ins Wort. »Ab mit euch.«

Stella und Luisa marschierten los. Schnell kamen sie nicht voran, weil Luisa sich bei jeder Muschel bückte und sie verzückt in Augenschein nahm. Besonders schöne Exemplare packte sie in ihren Einhornrucksack, der schon bald ein ordentliches Gewicht vorzuweisen hatte.

»Lass mich den Rucksack tragen«, sagte Stella. »Er ist viel zu schwer für dich.«

»Gar nicht wahr«, widersprach Luisa. »Ich kann das.«

Stella lächelte in sich hinein. Den Sturkopf hatte ihre Tochter eindeutig von ihr. Sicherlich würde sie damit im Leben so manches Mal auf Widerstand stoßen, andererseits hatte sie auch das Zeug dazu, sich durchzubeißen und ihre Ziele hartnäckig zu verfolgen.

Langsam schlenderten sie dahin, Luisa ganz aufs Muschelsuchen fixiert, Stella fasziniert vom Farbspiel des Lichts auf der Meeresoberfläche. Als sie den Blick von der Ostsee löste, sah sie in der Ferne einen Spaziergänger, der ihnen entgegenkam. Schon von Weitem konnte sie Titus an dem unförmigen Mantel erkennen, der sich bei jedem Schritt aufblähte wie ein Windsack.

Anscheinend hatte auch er Stella erkannt, denn er winkte mit hocherhobenen Armen.

»Wer ist das, Mama?«, fragte Luisa.

»Der Mann, dem ich die Plätzchen geschenkt habe. Er heißt Titus.«

»Titus ist ein guter Mann, zieht Stella schnell in seinen Bann«, sagte Luisa beiläufig und bückte sich nach einer Muschel.

»Was redest du denn da, Lulu?«

»Hab ich von der Möwe«, sagte Luisa.

Stella schüttelte den Kopf. War das noch die normale Fantasie einer Fünfjährigen? Oder wurde ihr Kind langsam verrückt?

Ihr blieb keine Zeit, der Sache weiter auf den Grund zu gehen, denn Titus hatte sein Tempo beschleunigt und war nur noch ein paar Schritte entfernt von ihnen.

»Hallo Stella«, begrüßte er sie atemlos, aber mit einem strahlenden Lächeln. »Das ist aber eine schöne

Überraschung. Und du bist die mutige Ponybändigerin?«, richtete er das Wort an Luisa.

»Puck war so groß.« Luisa hielt die Hand über ihren Kopf.

»Tatsächlich. Und da hast du keine Angst gehabt?«, fragte Titus.

»Nein.« Luisa schüttelte den Kopf. »Puck ist ganz lieb.«

»Luisa hat grundsätzlich keine Angst vor Tieren. Sie würde sogar ein Krokodil streicheln«, sagte Stella und seufzte.

Ihr wäre es lieber, wenn ihre Tochter ein wenig mehr Vorsicht walten lassen würde. Kein Hund war zu groß, keine Katze konnte laut genug fauchen, um nicht doch in den Genuss von Streicheleinheiten zu kommen.

»Unerschrocken und ein großes Herz. Ganz wie die Mutter.« Titus sah Stella mit einem warmen Lächeln in die Augen.

Sofort fühlte sie wieder die Nähe zu diesem Mann, die so absolut einzigartig war. Gerne wäre sie noch ein paar Schritte mit ihm gegangen, aber es war an der Zeit, zu Hilde zurückzukehren. Die alte Dame fragte sich bestimmt schon, wo sie abgeblieben waren.

»Es war schön, dich zu sehen, Titus«, sagte Stella. »Aber wir müssen jetzt leider umkehren. Hilde wartet am Leuchtturm auf uns.«

»Und wir müssen den Weihnachtsbaum schmücken. Hast du deinen schon geschmückt?«, fragte Luisa.

Titus schüttelte den Kopf.

»Nein. Ich …« Titus wollte noch etwas sagen, überlegte es sich aber anders und beendete den Satz nicht.

»Oh, das ist schade. Wenn du willst, kannst du uns helfen. Oder, Mama?« Luisa schaute fragend zwischen den Erwachsenen hin und her.

»Ähm, ja, natürlich. Aber ich denke nicht, dass Titus Zeit hat, um …«

»Doch, Titus hat Zeit«, fiel er Stella grinsend ins Wort.

»Na, dann.« Sie zuckte mit den Schultern. »Weihnachtsbaum, wir kommen. Aber erst müssen wir Hilde am Leuchtturm abholen.«

»Ich lauf voraus«, sagte Luisa und sprintete los. Der Einhornrucksack hüpfte auf ihrem Rücken auf und ab, die Muscheln klirrten und klapperten.

»Ich hoffe, du weißt, worauf du dich da eingelassen hast«, sagte Stella. »Der Baum ist riesig und wir haben drei Kartons mit Schmuck.«

»Ich bin hart im Nehmen«, sagte Titus.

Er lächelte dabei, aber Stella fragte sich, ob sie eine gewisse Schwermut aus seiner Stimme hörte. Vielleicht würde sie heute endlich herausfinden, an welchen Herausforderungen Titus zu knabbern hatte.

25

Den Weg zum Haus hatten sie – mit Ausnahme von Luisa, die vorausgehüpft war – in gemächlichem Tempo zurückgelegt. Hilde sah so frisch und gesund aus wie schon lange nicht mehr, und obwohl sie der kleine Ausflug ziemlich erschöpft hatte, blickte sie dem Schmücken des Baumes mit der gleichen Aufregung entgegen wie Stellas fünfjährige Tochter. Titus' Anwesenheit störte Hilde dabei überhaupt nicht, ganz im Gegenteil, sie begegnete ihm aufgeschlossen und neugierig und bot ihm sofort das Du an.

»Ich will die roten Kugeln aufhängen«, sagte Luisa, kaum war sie durch die Haustür geflitzt.

»Später, mein Schatz. Erst wird gegessen«, sagte Stella. Sie half ihrer Tochter aus Jacke und Schuhen und hängte die Sachen an die Garderobe.

»Schokolade?«, fragte Luisa mit hoffnungsvollem Blick.

»Nein, keine Schokolade. Sondern etwas Richtiges. Was haltet ihr von einer schönen Erbsensuppe mit

Würstchen?«, fragte Stella und schlüpfte in ihre Hausschuhe.

»Pfui«, sagte Luisa voller Inbrunst.

»Lulu!« Stella hob mahnend den Finger.

Sie ging zum Garderobenschrank, um auch für Titus ein Paar Gästehausschuhe herauszuholen. Das alte Haus hatte keine Fußbodenheizung und nicht überall auf den alten Dielen und Fliesen lagen Teppiche.

»Mir reicht eine Stulle«, sagte Hilde.

»Nichts da. Nach der Anstrengung brauchst du etwas Warmes im Magen«, sagte Stella.

Sie reichte Titus die Hausschuhe und nahm seinen Mantel entgegen, um ihn noch irgendwo an der übervollen Garderobe zu verstauen.

»Pfannkuchen«, rief Luisa.

»Die hatten wir doch erst«, sagte Stella und seufzte.

Manchmal hatte sie den Eindruck, dass sich Luisa am liebsten nur von Süßem ernähren würde. Kartoffelbrei und Pizza ausgenommen.

»Was haltet ihr von Spaghetti Carbonara?«, schlug Titus vor. »Das ist das einzige Gericht, das ich Kochen kann. Dafür aber richtig gut.«

»Die habe ich schon eine Ewigkeit nicht mehr gegessen«, sagte Hilde.

»Au ja, Spaghetti, Spaghetti!«, rief Luisa begeistert.

Stella hob machtlos die Hände.

»Du hast gewonnen, Titus«, sagte sie lächelnd. »Lass uns mal nachsehen, ob wir alle Zutaten im Haus haben.«

Zu zweit gingen sie in die Küche, während Hilde und Luisa im Wohnzimmer schon in den Kartons mit dem Weihnachtsschmuck wühlten.

»Ich hoffe, mein Vorschlag war in Ordnung«, sagte Titus, als Stella im Kühlschrank nach Eiern, Käse und Speck suchte.

»Natürlich. Ich bin keine große Köchin«, gab Stella zu. »Ich mache es, weil es sein muss. Aber eine Leidenschaft ist es nicht. Nach einem langen Arbeitstag, wenn daheim zwei Körbe Schmutzwäsche warten und das Bad noch geputzt werden muss, ist die Versuchung groß, nach einem Fertiggericht zu greifen. Nur Luisa hält mich davon ab. Ich will nur das Beste für sie.«

»Eine Tiefkühlpizza hat noch niemanden umgebracht«, sagte Titus.

»Ja, stimmt schon. Ab und zu geht das in Ordnung. Aber ich will nicht, dass Luisa es für normal hält.« Stella schloss die Kühlschranktür. »Also, für echte Carbonara braucht man Pancetta und Pecorino, oder? Wir haben nur Parmesan und normalen Speck.« Sie stellte die Zutaten und einen Eierkarton auf die Küchenplatte.

»Das macht nichts. Niemand wird den Unterschied merken«, sagte Titus und lächelte.

Aber Stella bemerkte plötzlich einen Unterschied. Im Durcheinander von Heimkommen und Essensdiskussionen hatte sie noch gar keine Gelegenheit gehabt, Titus richtig anzusehen.

Aber jetzt tat sie es. Und sie musste feststellen, dass unter dem unförmigen Mantel ein extrem schick gekleideter Mann zum Vorschein gekommen war. Hellblaues Hemd, beigefarbener Kaschmirpullover, Markenjeans. So kleidete sich ganz bestimmt kein Obdachloser.

Stella spürte, wie ihr die Röte ins Gesicht stieg. Vollkommen unnötig, denn Titus konnte ja nicht wissen, was sie gerade dachte. Er hatte keine Ahnung, dass sie ihn bisher für einen Mann ohne Arbeit und ohne Zuhause gehalten hatte. Oder für einen Mann, der in einer Ehekrise steckte. Nun gut, Letzteres konnte immer noch zutreffen, wobei Titus die Frage nach Frau und Kinder ja verneint hatte. Aber er wäre nicht der erste Mann, der in dieser Hinsicht die Wahrheit ein wenig uminterpretierte, sobald er sich in der Nähe einer anderen Frau befand.

»Stella?«

»Mhm?«, schreckte sie aus ihren Gedanken hoch.

Titus sah sie belustigt an.

»Spaghetti? Sind auch Spaghetti im Haus?«

»Oh, ich glaube schon. Einen Moment, bitte.« Sie verschwand hastig in der Speisekammer und atmete erst einmal tief durch.

Was hatte dieser Mann nur an sich, dass er sie so sehr durcheinanderbrachte? Unkonzentriert wühlte sie in den Nudelpackungen und beförderte schließlich eine Tüte Spaghetti an die Oberfläche.

»Hier sind sie.« Stella kehrte zurück in die Küche und hielt die Nudeln triumphierend in die Luft.

»Perfekt. Einmal nach Packungsangabe zubereiten, bitte. Ich kümmere mich um den Rest.« Titus nahm eine Schürze vom Haken neben der Küchenzeile und band sie sich wie selbstverständlich um. Sie war rosarot und mit Rüschen versehen, was Stella ein herzliches Lachen entlockte.

»Steht dir«, sagte sie glucksend.

»Besser als der Mantel, oder?«, scherzte er.

»Hm.« Stella legte einen Zeigefinger an ihre Unterlippe und betrachtete Titus nachdenklich. »Wenn du mich fragst, solltest du vielleicht von beiden Kleidungsstücken Abstand nehmen.«

»Ich sehe schon, mein Modegeschmack ist wieder einmal der Zeit voraus. Warte nur, in ein paar Jahren trägt das jeder.« Titus griff gut gelaunt nach Schneidebrett und Messer und machte sich über den Speck her.

Es dauerte keine halbe Stunde, da verteilten Stella und Titus die perfekten Spaghetti Carbonara auf vier Teller und trugen sie ins Wohnzimmer. Der Baum wies bereits eine etwas konfuse Verteilung von Weihnachtsschmuck auf, was Luisa stolz als ihr Werk proklamierte. Sie war kaum an den Tisch zu bekommen, so sehr nahm sie das Schmücken des Baums gefangen.

»Das schmeckt fantastisch«, sagte Hilde.

Ganz in italienischer Manier saugte sie eine Gabel Spaghetti in den Mund. Der Ausflug an die frische Luft schien ihren Appetit angeregt zu haben.

»Danke. Wie gesagt, es ist das einzige Gericht, das ich beherrsche«, sagte Titus.

»Na ja, ein paar Rühreier wirst du bestimmt auch in die Pfanne hauen können«, erwiderte Hilde lakonisch. »Was machst du eigentlich beruflich? Stella meinte kürzlich, sie hätte einen Obdachlosen zu Weihnachten eingeladen, aber danach siehst du mir gar nicht aus.«

Stella blieben die Nudeln im Hals stecken und sie musste kräftig husten. Hastig griff sie nach ihrem Wasserglas, was die Sache aber nur noch schlimmer machte.

Titus warf ihr einen besorgten Blick zu. »Alles in Ordnung?«

»Alles gut. Habe mich nur verschluckt«, sagte sie, schaffte es aber nicht, ihm in die Augen zu sehen.

Herrje, war das peinlich.

»Ich habe eine Firma für Softwareentwicklung«, sagte Titus.

»Aha. Und wo?«, fragte Hilde weiter.

»In Palo Alto«, sagte Titus.

»Ist das nicht in Kalifornien? Im Silicon Valley?« Hilde zog die Augenbrauen nach oben.

»Ja.« Titus nickte. »Ich habe vor zwanzig Jahren eine Greencard in der Lotterie gewonnen und die Chance genutzt. Die USA boten mir für meine beruflichen Pläne das ideale Umfeld.«

Stellas Herz sackte in den Keller. Titus lebte in Amerika. Genau so gut hätte er sagen können, dass sich seine Firma auf dem Mond befand. Es hätte nichts geändert. Beides war unerreichbar für Stella. Jäh löste sich das kleine Quäntchen Hoffnung in Luft auf, das sie angesichts ihrer Bekanntschaft in sich getragen hatte. Aber so war das eben mit Traummännern. Sie überstanden den Realitätscheck genauso wenig wie ein Schneemann den Sommer.

26

Im Gegensatz zu Stella fand Hilde die Information des weit entfernten Firmensitzes keinesfalls niederschmetternd, sondern äußerst interessant. Noch dazu hatte sie keinerlei Scheu, Titus auszufragen.

»Und was verschlägt dich dann in ein Kaff an die Ostsee, ausgerechnet zur Weihnachtszeit?«, bohrte die alte Dame weiter. »Familie kann es ja kaum sein, sonst hättest du Stellas Einladung für Heiligabend nicht angenommen, oder?«

Titus schmunzelte. Hilde mochte alt sein, aber auf den Kopf gefallen war sie ganz bestimmt nicht.

»Das ist richtig. Ich bin wegen einer Erbschaftsangelegenheit hier. Und mit Toten feiert es sich nicht besonders gut. Vor allem, wenn sie schon seit Jahren unter der Erde liegen.«

»Oh. Mein Beileid«, sagte Hilde.

»Wie gesagt: Es ist kein akuter Trauerfall. Zumal er auch schon Jahre zurückliegt. Ich kannte die Person gar nicht«, sagte Titus.

»Mama, ich bin fertig. Darf ich aufstehen?«, krähte Luisa dazwischen.

Erbschaftsangelegenheiten interessierten sie nicht. Der Weihnachtsbaum dafür umso mehr.

»Natürlich. Aber sei vorsichtig«, sagte Stella.

Sie wartete darauf, dass Hilde Titus weiter ausfragen würde, aber nichts dergleichen geschah. Stella fand es ein wenig schade, denn sie hätte gerne mehr über Titus' Lebensumstände erfahren, traute sich aber nicht, ihm selbst so persönliche Fragen zu stellen. Es kam ihr aufdringlich vor. Offensichtlich war Titus auch ganz froh, dass Hilde nicht an das Gespräch anknüpfte, denn er nutzte die Gelegenheit sofort, um das Thema zu wechseln.

»Das ist wirklich ein prächtiger Weihnachtsbaum«, sagte er. »Aus Amerika kenne ich es, dass man den Baum schon früher aufstellt, aber in Deutschland ist das eher unüblich. Oder hat sich das in den vergangenen Jahren geändert?«

»Das ist, weil Hilde bald sterben wird. Damit sie länger was davon hat«, sagte Luisa.

»Lulu!«, rief ich peinlich berührt.

Hilde hingegen lachte laut. »Genau so ist es. In meinem Alter muss man nehmen, was man kriegen kann.«

»Na, dann sollten wir als Erstes die Lichterketten befestigen. Wenn der ganze Baum schon voll ist, wird es nämlich schwierig.« Titus stand auf und ging zu Luisa, die wie eine Wilde rote Kugeln an den Baum hing.

Weil sie aber noch nicht mal einen Meter zwanzig

groß war, hatte sich bereits eine etwas unproportionale Verteilung entwickelt, was ziemlich lustig aussah.

»Die Lichterketten sind da drin.« Luisa deutete auf einen Karton. »Sind aber verknotet.«

»Ja, das ist meine Schuld«, gab Hilde zu. »Ich war noch nie die Ordentlichste und diese Lichterketten haben mich schon immer zum Wahnsinn getrieben. Und wenn dann Weihnachten vorbei war und es ans Aufräumen ging, habe ich sie einfach in den Karton gestopft. Ich hatte keine Geduld, sie aufzuwickeln.«

»Macht doch nichts«, sagte Titus. »Das kriegen wir schon hin.«

»Ich helfe dir gleich«, sagte Stella. »Ich räume nur schnell den Tisch ab.«

Sie stapelte die Teller ineinander, trug sie in die Küche und verstaute sie im Geschirrspüler. Stella überlegte, ob sie ein paar Plätzchen mitnehmen sollte, falls jemand eine Nachspeise wollte, entschied sich aber dagegen. Nun waren erst einmal alle damit beschäftigt, den riesigen Baum zu schmücken. Danach würde sie eine Kanne Kaffee aufbrühen und Plätzchen dazu reichen. Eine kleine Stärkung war dann sicherlich willkommen.

Im Wohnzimmer waren Hilde, Luisa und Titus immer noch damit beschäftigt, die Lichterketten zu entwirren, aber sie machten sichtbare Fortschritte. Stella packte mit an und nach zehn Minuten waren alle Knoten und Verschlingungen gelöst. Nun mussten die Ketten nur noch möglichst kunstvoll auf dem Baum drapiert werden.

»Ich hole wohl besser mal die Trittleiter«, sagte Stella. »Dieser Baum ist wirklich ein Ungetüm.«

Mit vereinten Kräften schafften sie es schließlich, die

riesige Tanne im Lichterglanz erstrahlen zu lassen. Luisa und Hilde bekamen richtig glänzende Augen, als Hunderte kleine Lichtlein funkelten.

»Wir brauchen Weihnachtsmusik«, sagte Hilde. »Meine Schallplatten-Sammlung ist da drüben im Schrank.«

Stella machte sich auf die Suche. Sie hätte einfach eine Playlist auf ihrem Handy abspielen können, aber das wäre nicht das Gleiche gewesen. Sie suchte eine passende Platte heraus und legte sie auf den altertümlich anmutenden Plattenspieler. Nach einem kurzen Scharren und Kratzen ertönte »Stille Nacht, heilige Nacht.«

Wie schön der Klang war! Sogar Luisa hielt einen Moment inne und betrachtete staunend das Gerät. So etwas hatte sie noch nie gesehen. Sie kannte ja nicht einmal mehr einen CD-Player.

Für einen Moment erfüllte ergriffenes Schweigen den Raum, obwohl die Szene durchaus ein wenig skurril war. Draußen frühlingshafter Sonnenschein, im Wohnzimmer hingegen feierliche Weihnachtsromantik.

Man muss die Feste feiern, wie sie fallen, dachte Stella und warf verstohlen einen Blick in die Runde.

Sie fühlte eine Wärme von innen aufsteigen, eine Wärme, die sich ganz wohlig und friedlich anfühlte. Wie eine kleine Familie, dachte sie glücklich. Keine Familie zwar, die über Blutsverwandtschaft verbunden war, aber das machte nichts. Eine Herzensverwandtschaft einte sie, und das war mindestens genauso viel wert.

27

Um zwanzig Uhr war es still im Haus. Titus war gegangen. Luisa lag im Bett und schlief tief und fest, ein seliges Lächeln im Gesicht. Der Weihnachtsbaum sah geschmückt wunderschön aus und alle waren sich einig, dass es die beste Entscheidung gewesen war, ihn jetzt schon aufzustellen.

Hilde und Stella saßen in der Küche und gönnten sich einen Schlummertrunk. Kräutertee mit einem winzigen Tröpfchen Rum darin.

»Und, was hältst du von Titus?«, fragte Stella.

»Er ist ein toller Mann. Attraktiv, eloquent, freundlich – aber mit einem Geheimnis. Du solltest ein wenig hartnäckiger nachfragen. Das hält er schon aus.«

»Ich will nicht aufdringlich sein«, sagte Stella.

»Das ist doch nicht aufdringlich, wenn man wissen will, mit wem man es zu tun hat. Er gefällt dir doch.« Hilde sah sie mit einem schalkhaften Lächeln an.

»Ja, schon. Aber …«

»Nein, kein Aber. Trau dich«, sagte Hilde.

»Er hat mich und Luisa für morgen zu sich eingeladen«, sagte Stella und nippte an ihrem Tee.

»Ach ja? Und wo wohnt er?«

»Das weiß ich nicht. Wir treffen uns am Leuchtturm.«

»Tsss.« Hilde schüttelte den Kopf. »Was soll denn diese Geheimniskrämerei? Das ist ja wie im Kindergarten.«

»Ich finde es auch ein wenig eigenartig. Glaubst du, ich kann ihm vertrauen?«

»Puh, schwere Frage. Also, ich denke nicht, dass Titus ein verrückter Frauenmörder ist, wenn du darauf hinauswillst. Aber ob er ein Mann ist, der in guten wie in schlechten Zeiten zu dir hält, das lässt sich schwer beurteilen. Oft genug täuscht man sich sogar in Menschen, die man Jahre oder gar Jahrzehnte kennt.« Hilde trank ihren Tee aus.

»Fürs Erste reicht es mir schon mal, wenn ich morgen nicht zerstückelt in einer Gefriertruhe lande«, sagte Stella. »Vielleicht sollte ich Luisa lieber zu Eva bringen.«

»Du machst dir wirklich zu viele Gedanken. Und du schaust zu oft Aktenzeichen XY«, sagte Hilde.

»Aktenzeichen XY.« Stella lachte. »Das ist noch harmlos im Vergleich zu den ganzen True Crime Podcasts und Dokus, die einem heutzutage von allen Seiten begegnen.«

»True … – was?« Hilde runzelte die Stirn.

»True Crime Formate. Dabei werden echte Straftaten detailgetreu nachgezeichnet. Das ist oft wirklich zum Gruseln.«

»Ja, der Mensch kann ein grausames Wesen sein. Aber

ich bin mir sicher, Titus gehört nicht dazu. Ganz im Gegenteil. Auf mich wirkte er, als würde er sich nach Nähe und Liebe sehnen. Und er hat ein Auge auf dich geworfen. Seine Blicke heute sprachen Bände.«

»Mir gefällt er ja auch. Viel zu gut«, gestand Stella. »Aber es fühlt sich komisch an, das auszusprechen.«

»Wieso? Was gibt es Schöneres, als sich zu verlieben?« Hilde lächelte verträumt.

»Ich habe Angst. Um Luisa. Aber auch um mich. Ich will nicht wieder an den Falschen geraten. Mein Leben ist nicht einfach, wie es ist, aber es ist gut.«

»Du musst Titus ja nicht gleich heiraten. Du triffst dich nur mit ihm. Schalt den Kopf ruhig einmal aus und lass dein Herz entscheiden. Meistens weiß das ganz gut, was richtig ist und was nicht. Wir haben nur verlernt, darauf zu hören. So, und jetzt genug der Kalendersprüche. Ich gehe ins Bett.« Hilde erhob sich schwerfällig.

»Warte, ich helfe dir.« Stella bot Hilde ihren Arm als Stütze.

Gemeinsam gingen sie ins Badezimmer zur Abendtoilette und danach half Stella Hilde ins Bett.

»Danke dir, meine Liebe. Dich hat wirklich der Himmel geschickt. Ich habe mich schon lange nicht mehr so sehr auf Weihnachten gefreut wie dieses Jahr.« Hilde drückte Stellas Hand.

»Geht mir genauso.«

Die beiden Frauen lächelten sich an, dann löschte Stella das Licht und ging selbst zu Bett. Schlafen konnte sie allerdings noch lange nicht, und auch das Lesen fiel ihr schwer. Sie musste ständig an Titus denken. Welches Geheimnis mochte der Mann wohl verbergen?

28

»Hallo. Schön, euch zu sehen.« Titus hauchte Stella einen Kuss auf die Wange, Luisa schenkte er ein breites Lächeln.

»Hallo. Danke für die Einladung. Wir sind schon mächtig gespannt, was du uns zeigen möchtest«, sagte Stella.

Sie freute sich aufrichtig, Titus zu sehen. Auch wenn sie sich in der Nacht so manche Stunde rastlos im Bett herumgewälzt hatte. Aber kaum war sie wieder in Titus' Nähe, sah in seine klaren Augen, hörte seine warme, tiefe Stimme, spürte sein aufrichtiges Interesse, waren sämtliche Zweifel und Ängste verflogen, ja, sie kamen Stella sogar absolut aberwitzig vor.

»Es ist nicht allzu weit. Nur einen Kilometer den Strand entlang und dann die Klippe hinauf«, sagte Titus.

»Ich weiß, wo wir hingehen«, sagte Luisa.

»Ach, ja?« Titus schaute sie fragend an.

»Zum Schloss.« Luisa grinste keck.

»Wie kommst du denn darauf?«, fragte Titus.

»Fang jetzt bloß nicht wieder mit dieser Möwe an, Lulu«, sagte Stella hastig und schaute Titus entschuldigend an. »Die Fantasie geht zurzeit ein wenig mit ihr durch.«

»Hm, ich glaube, da muss ich dir widersprechen«, sagte Titus. »Wir gehen wirklich zum Schloss.« Er zwinkerte Luisa zu.

»Hah!«, sagte diese triumphierend.

»Du hast ein Schloss geerbt?«, fragte Stella ungläubig.

»Von einem entfernten Verwandten, von dem ich nichts wusste, ja.« Titus nickte.

»Das ist ja wie im Märchen«, sagte Stella.

»Na ja, ein Märchenschloss war es mal. Jetzt ist es eher eine riesengroße Baustelle. Das Dach ist undicht, der Putz bröckelt von den Wänden, die meisten Fensterscheiben sind zerbrochen und im Obergeschoss wohnt irgendein Tier, das mehr Lärm macht als eine Großfamilie. Ständig rumpelt und trampelt es. Ich dachte erst, es spukt in den alten Mauern«, erzählte Titus.

»Und woher weißt du, dass dem nicht so ist?«, fragte Stella.

»Na ja, ich bin bisher davon ausgegangen, dass Geister keine körperlichen Bedürfnisse haben. Und falls doch, dass sie diese nicht einfach auf dem Parkett hinterlassen. Aber vielleicht täusche ich mich auch.« Titus lachte.

»Verstehe.« Stella stimmte mit ein.

Eine heftige Böe wirbelte Sand auf und sie zog sich schnell den Schal enger um Hals und Gesicht. Mit einem Blick vergewisserte sie sich, dass es Luisa gut ging, doch das Mädchen genoss das wilde Wetter mit sichtlichem

Vergnügen. Mit einem strahlenden Lächeln und weit ausgebreiteten Armen stemmte sie sich gegen den Wind.

»So, hier müssen wir jetzt weg vom Strand und ein Stückchen durch den Wald. Von dort führt ein Weg die Klippe hinauf zum Schloss.« Titus deutete nach links.

Im Schutz der Bäume ging es sich gleich leichter, aber als sie die Anhöhe erklommen hatten, blies der Wind umso stärker.

»Schnell hinein in die gute Stube«, sagte Titus und sperrte die Tür auf.

Stella hätte das Gebäude gerne erst einmal von außen begutachtet, aber das Wetter war wirklich ungemütlich. Also beließ sie es bei einem kurzen Blick auf die marode Fassade, die viel von dem eindrucksvollen, rosenberankten Charme der alten Fotografie in Hildes Küche eingebüßt hatte.

Auch im Inneren zeigte sich die jahrelange Vernachlässigung des Bauwerks. Es roch modrig, an den Wänden war teilweise das bloße Mauerwerk sichtbar und die einst prachtvollen Kunstwerke sahen aus, als hätten sie eine Dusche abbekommen. Luisa fand das alles total spannend. Sofort pirschte sie los und begutachtete jeden Winkel des großen Eingangsbereichs.

»Lulu, wir sind hier nicht zu Hause«, mahnte Stella.

»Bitte, fühlt euch so«, sagte Titus. »Schlimm genug, dass ihr die Jacken anbehalten müsst. Aber ohne ist es einfach zu ungemütlich. Ich heize gleich mal den Kamin im Wohnzimmer an, aber kaum bewegt man sich fünf Meter vom Feuer weg, kriecht einem die feuchte Kälte in die Knochen.«

Stella dachte an ihr eigenes kleines Häuschen und die

unzuverlässige Heizung. Wenn diese immer wieder mal den Dienst quittierte, konnte sie wenigstens mit Heizlüftern ein wenig Abhilfe schaffen. In diesem alten Gemäuer könnte man nicht einmal mit hundert Heizlüftern etwas erreichen – außer, die Stromrechnung in astronomische Höhen zu treiben.

Stella und Luisa folgten Titus ins Wohnzimmer. Wobei – Wohnsaal wäre eine passendere Bezeichnung für den riesigen Raum. Während Titus den Kamin schürte und Luisa auf einen mottenzerfressenen Sessel hüpfte, dass es nur so staubte, ließ Stella die Magie des Ortes auf sich wirken. Trotz des verlotterten Zustands waren die Schwingungen positiv, eine freundliche Aura nahm dem um sich greifenden Verfall den Schrecken.

Und erst der Blick aus dem Fenster! Man sah direkt auf die tosende Ostsee, der Horizont schien endlos zu sein.

»Im Obergeschoss ist der Ausblick noch spektakulärer«, sagte Titus.

Er hatte sich neben Stella gestellt, einen Schürhaken in der Hand. Seinem alten Mantel haftete der Geruch von Rauch und Holz an. Sie stieß mit ihrer Schulter leicht an seine Brust. Die Berührung hatte etwas aufregend Beruhigendes. Ein verwirrendes, ein belebendes Gefühl.

»Wirklich? Ich finde ihn hier schon atemberaubend«, sagte Stella und genoss den Moment der Nähe.

»Mama, Mama, da ist meine Möwe. Schau!«, krähte Luisa und der Hauch von Intimität verschwand.

Stellas Blick glitt an den Fenstern entlang, aber sie konnte nirgendwo einen Vogel sehen.

»Hier ist keine Möwe, Lulu«, sagte sie und schüttelte den Kopf.

»Nicht draußen. Sie ist hier drin. Auf dem Foto.« Luisa deutete an die Wand.

Dort hing eine wellige, vergilbte Schwarz-Weiß-Fotografie eines jungen Mannes. Er lachte über das ganze Gesicht. Auf seiner Schulter saß eine Möwe.

»Aber Liebes, das Bild ist schon sehr alt. Das kann gar nicht deine Möwe sein.«

»Doch, das ist sie. Schau dir den Fleck über dem linken Auge an. Und der schwarze Streifen auf dem Schnabel. Das ist meine Möwe, ganz sicher«, sagte Luisa voller Inbrunst.

Stella seufzte. Sie hatte sich das Tier noch nie so genau angesehen. Aber das Foto war mindestens fünfzig Jahre alt. Sie bezweifelte, dass Möwen ein derart hohes Alter erreichen konnten.

»Wer ist der Mann auf dem Foto?«, fragte sie.

»Das ist Notker Siebenthaler. Der frühere Besitzer des Schlosses und mein Großonkel achtunddreißigsten Grades oder so etwas in der Art«, erklärte Titus. »Ich weiß nicht viel von ihm, weil ich ihn leider niemals kennengelernt, ja, nicht einmal etwas von seiner Existenz geahnt habe. Aber seit ich hier bin, habe ich so einiges über ihn herausgefunden.«

»Er sieht sehr freundlich aus«, sagte Stella und betrachtete das Foto.

Die vielen Lachfältchen um die Augen verrieten sein fröhliches Gemüt, die wettergegerbte Haut seine Vorliebe für ein Leben draußen.

»Oh ja, er war ein sehr netter Mensch. Immer darauf

bedacht, anderen zu helfen. An seinem Lebensende ist er – bis auf das Schloss – mittellos gestorben, weil er sein Geld stets für gemeinnützige Zwecke ausgegeben hat.«

»Hört sich selbstlos an«, sagte Stella.

»Na ja, wenigstens einen kleinen Teil seines Vermögens hätte er auch in die Sanierung des Daches stecken können«, sagte Titus seufzend. »Soll ich euch das Schloss mal zeigen?«

»Sehr gerne«, sagte Stella. »Oder, was meinst du, Lulu? Hast du Lust, ein wenig Prinzessin zu spielen?«

Sie nickte begeistert.

»Am besten starten wir in der Küche, dann kann ich gleich noch etwas Tee aufsetzen«, sagte Titus. »Nach dem Rundgang werden wir froh sein, wenn wir uns an einer Tasse wärmen können.«

Die Küche war trotz ihres desolaten Zustands ein heimeliger Ort. Das lag an dem großen Holzofen, der zugleich als Heizung, Herd und Backofen diente. Zwar zog durch die windschiefen Fenster pfeifend der Wind und die Möbel hatten eindeutig schon bessere Zeiten gesehen, aber die Kupferpfannen und -töpfe an der Wand, die blau-weißen Kacheln, die hölzerne Eckbank und der riesige Eichentisch verströmten die Gemütlichkeit vergangener Tage. Stella brauchte bloß die Augen zu schließen und schon konnte sie sich vorstellen, wie ein saftiger Braten im Ofen schmorte, eine tüchtige Haushälterin mit roten Wangen und gestärkter Schürze ihre Hände in eine Teigschüssel steckte, wie vom offenen Fenster eine Brise vom Meer hereinwehte und sich die Aromen von Algen, Salz und Tang mit den Düften der Essenszubereitung mischten.

Plötzlich klackte etwas gegen das Fenster. Hatte der Wind einen Ast dagegen geschleudert? Stella drehte den Kopf – und sah eine Möwe.

»Hallo Möwe!«, rief Luisa begeistert. »Willst du reinkommen?« Sie kletterte geschwind über die Eckbank zum Fensterbrett und machte sich am Griff zu schaffen.

»Lulu, das geht jetzt wirklich zu weit«, wies Stella ihre umtriebige Tochter zurecht.

»Ach, lass sie doch«, sagte Titus. »Die Möwe sitzt öfter in der Küche. Es sind so viele Fenster kaputt, da findet sie immer einen Weg ins Haus.«

»Die Möwe ist öfter hier?«, fragte Stella erstaunt.

Luisa hatte mittlerweile das Fenster geöffnet. Der Vogel flog wie selbstverständlich auf das Küchenbuffet und betrieb dort seelenruhig Federpflege.

»Natürlich ist sie öfter hier«, sagte Luisa. »Das ist ihr Zuhause. Du hast sie doch gerade auf dem Foto im Wohnzimmer gesehen.«

»Ach, Lulu.« Stella schnaufte.

Titus trat an den Küchenschrank und musterte die Möwe. »Hm, sie sieht dem Tier auf Notkers Schulter tatsächlich erstaunlich ähnlich«, sagte er und zwinkerte Luisa zu.

Diese grinste frech.

»Ja, ja, haltet nur zusammen, ihr zwei«, sagte Stella. »Ich sehe mir in der Zwischenzeit mal das Schloss an.«

»Nicht ohne unsere Begleitung«, sagte Titus und reichte Luisa die Hand. »Darf ich bitten, gnädiges Burgfräulein?«

Das Mädchen kicherte und hüpfte von der Eckbank. Gemeinsam zogen sie los und erkundeten das alte

Gemäuer, an dem der Zahn der Zeit deutliche Spuren hinterlassen hatte. Trotzdem weckte auch der Rest des Schlosses an allen Ecken und Enden Erinnerungen an Märchenbücher und das aufregende Adelsleben. Man musste sich nur die zahlreichen Töpfe und Schüsseln wegdenken, die Titus überall auf dem Boden verteilt hatte, um dem undichten Dach Herr zu werden. Auch über die zerschlagenen Fenster und zerfransten Vorhänge, die zerschlissenen Möbel und abplatzenden Tapeten, die rostigen Armaturen und quietschenden Türen musste man natürlich hinwegsehen.

Aber wenn man das tat, wenn man die Augen schloss und die Macht dieses Gebäudes auf sich wirken ließ, dann spürte man diese ganz spezielle Magie, diesen einzigartigen Zauber, den nur Orte mit einer eigenen Geschichte in sich trugen.

29

Als sie ihren Rundgang beendet hatten, setzten sie sich mit Tee und Keksen ins Wohnzimmer, wo Luisa schon bald in einem mächtigen Ohrensessel vor dem knisternden Kamin einschlief.

Stella legte behutsam eine Decke über die Schultern ihrer Tochter und nahm ihr den angebissenen Schokokeks aus der Hand. Dann setzte sie sich wieder zu Titus, der nachdenklich ins Feuer starrte. Stella nippte an ihrem Tee und nahm das Schweigen hin. Es war offensichtlich, dass Titus nach Worten suchte, um ihr etwas mitzuteilen. Augenscheinlich fiel es ihm nicht leicht, die richtigen Formulierungen zu finden, denn immer wieder machte er den Anschein, als wollte er etwas sagen, ließ es dann aber doch bleiben. Bis er sich schließlich räusperte und mit erstaunlich klarer Stimme zu sprechen anfing.

»Ich bin mit der festen Absicht aus Kalifornien angereist, diese Erbschaftsangelegenheit so schnell wie möglich über die Bühne zu bringen und wieder heimzureisen. Noch vor Weihnachten wollte ich zurück in meiner Firma sein und weitermachen wie bisher. Aber dann kam alles anders.« Titus rieb sich mit der Hand über seinen Dreitagebart und schaute Stella dann direkt in die Augen.

Sie sah an seinem Blick, wie sehr ihn die Situation beschäftigte. Sie wollte gerade etwas Aufmunterndes sagen, da sprach Titus weiter.

»Wie gesagt, ich hatte noch nie im Leben von Notker Siebenthaler gehört. Und als mir der Notar das Schloss gezeigt hatte, fühlte ich mich in meinem Plan bestätigt, den alten Kasten so schnell wie möglich loszuwerden. Als der Notar gefahren war, ging ich noch mal allein durchs Schloss. Und obwohl die Bausubstanz in einem wirklich fragwürdigen Zustand ist, spürte ich plötzlich eine Energie, die ich noch nie zuvor an einem Ort gespürt hatte. Es fühlte sich an, als würde sich die Kraft des Meeres und des Himmels in diesem Gebäude bündeln. Das hört sich verrückt an, ich weiß, aber …« Titus schüttelte den Kopf und lächelte Stella etwas verlegen an.

»Nein, das tut es gar nicht. Ich habe bei unserem Rundgang dasselbe gefühlt wie du«, sagte Stella.

»Na ja, auf jeden Fall saß ich dann hier drinnen, schaute aus dem Fenster und mir wurde klar, dass ich dieses Schloss nicht einfach so verkaufen konnte. Dass es vielleicht sogar eine schicksalhafte Fügung war, die mich hierher gebracht hatte. Ich beschäftigte mich mit Notker und fand heraus, was für ein guter Mensch er gewesen war. Sein Name bedeutet so viel wie Retter in der Not. Er hätte sein letztes Hemd für andere gegeben. Geld war für ihn immer nur Mittel zum Zweck, nie Selbstzweck. Das hat mich sehr nachdenklich gemacht.« Titus räusperte sich und schwieg einen Moment, bevor er weitersprach.

»Mein Leben in Kalifornien fühlt sich schon länger nicht mehr richtig an. Alles dreht sich nur um die Arbeit, um Geld, um mehr Geld, um noch mehr Geld. Ich kann mir den teuersten Luxus gönnen, aber trotzdem fühlt sich mein Leben hohl und leer an. Frauen, die ich kennenlerne, schauen auf meine Kleidung und auf meine Autos, anstatt in meine Augen. Sie interessieren sich nicht dafür, wer ich bin, sondern was ich darstelle. Und dann kamst du und hast dich nicht einmal von diesem alten Monstrum an Mantel einschüchtern lassen«, sagte Titus und lachte.

»Ich dachte, du seist ein Obdachloser, der Hilfe braucht«, sagte Stella.

»Und das hat dich nicht abgeschreckt.« Titus schenkte ihr einen liebevollen Blick. »Ich konnte es ehrlich gesagt gar nicht glauben. Erst hast du mich gefragt, ob ich Hilfe brauche, dann hast du mir Plätzchen geschenkt und mich schließlich sogar dazu eingeladen, mit euch Weihnachten zu feiern. Du bist dreimal auf mich zugegangen und warst freundlich zu mir, ohne eine Gegenleistung zu verlangen. Ohne zu wissen, wer ich bin. Das hat mich unglaublich beeindruckt.«

»Das ist doch normal«, sagte Stella. Vor allem, wenn man vom ersten Augenblick an fasziniert ist von jemandem, dachte sie. Behielt den Gedanken aber für sich.

»Nein, das ist nicht normal. Ganz und gar nicht. Mir war sofort klar, dass du etwas Besonderes bist. Trotzdem konnte ich nicht aus meiner Haut heraus und war erst einmal vorsichtig. Du hast dich bestimmt gewundert, warum ich so wenig Informationen preisgegeben habe, aber ich habe mich schon ein paar Mal schmerzhaft in Menschen getäuscht.«

»Ja, das habe ich auch. Ich denke, das geht jedem so, der nicht gerade einsam in einer Höhle lebt.« Stella lächelte matt und verdrängte den Gedanken an Frank. Schnell wechselte sie das Thema. »Sag mal, was hat es denn eigentlich mit diesem Mantel auf sich? Er passt so gar nicht zu deiner sonstigen Garderobe.«

»Der Mantel war einfach da. Ein Überbleibsel von Notker, nehme ich an. Genauso wie die Schuhe. In Kalifornien ist das Wetter viel besser als hier. Ich hatte nicht vor, lange zu bleiben, und dementsprechend klein fiel mein Gepäck aus. Als ich mich entschied, meinen Aufenthalt zu verlängern, haben mir der Mantel und das Schuhwerk bei meinen Spaziergängen gute Dienste geleistet. Ich habe aber bereits in Erwägung gezogen, die Kleidungsstücke durch etwas modischere Exemplare zu ersetzen.« Titus lachte.

Stella stimmte mit ein. Dann saßen sie eine Zeit lang schweigend beieinander, starrten ins Feuer, hingen ihren Gedanken nach.

»Und nun? Wie geht es jetzt weiter?«, fragte Stella schließlich.

Sie spürte, wie ihr Herz bei dieser Frage klopfte. Welche Pläne mochte Titus haben?

»Ich habe viele Fehler in meinem Leben gemacht. Falsche Prioritäten gesetzt. Unsinnige Ziele verfolgt. Ich möchte das ändern.« Er schluckte und schaute in die Flammen. Dann griff er nach der Teetasse auf dem Beistelltisch, trank aber nicht, sondern drehte sie unschlüssig in den Händen. Es schien ihm schwerzufallen, weiterzusprechen, aber schließlich hob er den Blick und lächelte. »Im Moment ist noch ein ziemliches Durcheinander in meinem Kopf. Aber eins weiß ich sicher: Ich möchte dich näher kennenlernen, Stella. Dich und Luisa.«

»Nichts lieber als das«, sagte Stella.

Sie fühlte, wie ihr ganzer Körper vor Freude zu kribbeln begann. Zeitgleich mit Titus stand sie auf und sie fielen sich in die Arme. Der Kuss, der folgte, war wie eine Besiegelung. Sie beide gehörten zusammen. Das Schicksal wollte es so.

30

Titus begleitete Stella nach Hause. Ihr war ganz leicht ums Herz und sie fühlte sich so beschwingt wie lange nicht mehr. Auch Luisa war nach ihrem Schläfchen quietschfidel und hüpfte wie ein übermütiger Welpe voran. Am Himmel in gebührendem Abstand gab ihnen die Möwe Geleitschutz.

Es fühlt sich an, als wären wir eine Familie, dachte Stella.

Obwohl der Gedanke sofort einen Glücksstrom durch ihren Körper schickte, rief sie sich zur Vernunft. Die Sache langsam angehen, Zeit lassen, sich kennenzulernen. Keine großen Träume, die mit einem lauten Knall platzen konnten und ein schmerzhaftes Aufwachen in der Realität zur Folge hatten.

Titus griff nach ihrer Hand und drückte sie kurz. Konnte er Gedanken lesen? Er schien ihre Zweifel und Ängste zu spüren. Es war unheimlich, wie gut sie sich verstanden, obwohl sie sich erst so kurz kannten.

Die Konturen von Hildes Häuschen tauchten zwischen den großen Kiefern auf und der Abschied nahte. Titus und Stella nahmen sich etwas ungelenk in die Arme. Sie beide verzehrten sich nach einem Kuss, aber vor Luisa erschien es ihnen unangebracht. Stella wollte erst mit ihrer Tochter über die neue Situation sprechen und sie nicht einfach damit überfallen. Wobei das schlaue Kind bestimmt mehr ahnte, als es den Erwachsenen lieb war.

»Auf Wiedersehen, Stella«, sagte Titus.

Wie förmlich das klang!

»Das hört sich an, als würden wir uns wochenlang nicht mehr sehen«, sagte Stella lachend.

»Na ja, es gibt da noch etwas, das ich dir sagen muss«, druckste Titus herum.

»Was denn?«, fragte Stella.

Alle Alarmglocken schrillten. Welche Offenbarung würde sie erwarten? Tauchte nun doch noch eine Frau auf der Bildfläche auf?

»Ich muss zurück nach Amerika und ein paar Dinge in der Firma regeln. Ich war nicht auf eine längere Abwesenheit eingestellt. Aber ich verspreche dir, spätestens an Heiligabend zurück zu sein. Dieses Weihnachtsfest feiern wir gemeinsam, komme, was wolle.« Und alle folgenden hoffentlich auch, ergänzte Titus in Gedanken. Aber diesmal war er es, der das Gedachte für sich behielt.

»Nach Amerika«, murmelte Stella.

Bei Titus klang das so, als würde er sich nur kurz aufs Fahrrad schwingen und zum Bäcker radeln. Für Stella hingegen war eine Flugreise etwas Besonderes. Sie war noch nie in Amerika gewesen und ein Leben, in dem man einfach so durch die Weltgeschichte jettete, war unvorstellbar für sie.

»Oh, Stella, bitte schau nicht so traurig«, sagte Titus und strich ihr sanft über die Wange. »Du hast mein Wort, dass ich rechtzeitig zum Fest zurück bin. Und danach werde ich bleiben.« Titus legte ihr die Hände auf die Schultern.

In dieser Geste lag so viel Verbindlichkeit, so viel Stärke und Rückhalt. Stella schluckte. Plötzlich stiegen ihr Tränen in die Augen, eine vollkommen übertriebene Reaktion ihres Körpers, wie sie fand. Sie räusperte sich energisch und nickte.

»Ich freue mich sehr darauf. Gute Reise.«

Ein letzter Blick, ein letztes Lächeln. Dann nahm Stella Luisa an die Hand und verschwand im Haus. Es kostete sie Überwindung, sich nicht noch einmal umzudrehen und Titus um den Hals zu fallen. Wie gerne wollte sie noch einmal seine Lippen auf den ihren spüren. Oder ihm wenigstens so lange hinterhersehen, bis er aus ihrem Blickfeld verschwunden war.

Groß waren die Zweifel, die an ihr nagten. Aber sie wollte ihnen keinen Raum geben. Nicht alle Männer waren wie Frank. Auf Titus war Verlass, das spürte sie, auch wenn es ihr schwerfiel, darauf zu vertrauen.

Hilde empfing sie mit einem Lächeln. Sie saß im Wohnzimmer, der Weihnachtsbaum strahlte eine feierliche Behaglichkeit aus und im Hintergrund lief leise eine Schallplatte mit Weihnachtsliedern. Stella spürte, wie der Stress von ihr abfiel. Alles war gut, alles würde kommen, wie es kommen sollte.

Sie vergewisserte sich, dass es Hilde gut ging, maß Blutdruck und Puls und fragte die alte Dame, ob sie auch genug getrunken hatte.

»Hm, einem Gläschen Punsch wäre ich nicht abgeneigt«, sagte Hilde und grinste spitzbübisch.

»So hatte ich das zwar nicht gemeint, aber ja, warum nicht. Es ist nur einmal im Jahr Weihnachten.« Stella machte drei Tassen Apfelpunsch warm, wobei sie in Hildes und ihre Tasse ein kleines Schlückchen Calvados goss. Dazu richtete sie ein paar Plätzchen an und trug alles ins Wohnzimmer.

Luisa erzählte bereits eifrig von dem Besuch auf der Burg. Gerade, als Stella das Zimmer betrat, posaunte sie heraus: »Und dann haben sich Mama und Titus geküsst.«

Stella wäre beinahe das Tablett aus der Hand gefallen. Luisa hatte doch tief und fest geschlafen!

»Luisa, du musst geträumt haben«, sagte Stella.

»Nein, habe ich nicht«, widersprach das Mädchen vehement.

Hilde schmunzelte vor sich hin und enthielt sich eines Kommentars. Luisa plapperte weiter und erzählte in einem wortreichen Durcheinander vom undichten Dach, den zahllosen Räumen, der Möwe, den kaputten Fenstern und der tollen Aussicht.

»Na, das klingt, als hättet ihr einen aufregenden Nachmittag gehabt«, sagte Hilde.

»Ja, der Nachmittag war wirklich schön«, sagte Stella.

»Und warum klingst du dann so betrübt?«, fragte Hilde.

»Ach, nichts. Es ist nur …«

»Was ist?«, fiel Hilde Stella ungeduldig ins Wort.

»Titus fliegt morgen zurück nach Amerika. Aber er hat versprochen, dass er bis Heiligabend wieder hier ist.«

»Na, wenn er es versprochen hat, dann wird er sein Wort halten. Vertrauen, meine Liebe, Vertrauen. Ohne ist das Leben eine Qual.«

»Ich weiß. Und im Grunde ist es auch unwichtig, ob er an Weihnachten da ist oder nicht. Wir werden so oder so das tollste Fest aller Zeiten feiern. Was soll es Heiligabend eigentlich zu essen geben?«, fragte Stella.

»Pizza!«, rief Luisa.

»Nein, Lulu. Nicht an Weihnachten«, sagte Stella. »Ich könnte uns einen schönen Gänsebraten machen. Oder möchtest du lieber ein wenig moderner feiern, Hilde? Mit Raclette oder Fondue?«

»Am allerliebsten wäre es mir ganz traditionell: Würstchen mit Kartoffelsalat. Aber ich verstehe, wenn das heutzutage zu langweilig ist.«

»Nein, gar nicht. Ich dachte nur, du freust dich vielleicht über ein richtig aufwendiges Gericht.«

»Ach, die einfachsten Dinge im Leben sind meistens doch immer die schönsten. Ein Spaziergang bei Sonnenschein, den Wellen zusehen, ein Stück Schokolade essen – mehr braucht es nicht«, sagte Hilde und nippte an ihrem Apfelpunsch.

»Gut, dann gibt es an Heiligabend Würstchen mit Kartoffelsalat. Und was machen wir an den Feiertagen?«

»Pizza!«, rief Luisa erneut.

»Aber Lulu, das ist doch kein Essen für Weihnachten«, sagte Stella.

»Wieso nicht?« Hilde zuckte mit den Schultern. »Wenn es Lulu eine Freude macht, dann ist es das perfekte Weihnachtsessen. Schließlich geht es doch darum, oder? Freude zu haben.«

»Na gut, dann eben Pizza.«

»Jaaaaa!«, jubelte Luisa. »Das wird das beste Weihnachtsfest überhaupt.«

31

Am nächsten Morgen bezog Stella die Betten neu. Als sie sich gerade an Hildes Kopfkissen zu schaffen machte, ertönte ein lauter, dumpfer Knall. Was war das denn? Alarmiert lief Stella zum Fenster und zog die Gardinen zur Seite. Vier kalte Augen starrten sie ausdruckslos an. Stella bekam eine Gänsehaut, doch die Raben beließen es nicht bei den bösen Blicken. Sie erhoben sich und flogen mit Wucht gegen das Fenster. Wieder und wieder.

»Hey, was soll das, ihr Biester?«, rief Stella und fuchtelte mit den Armen. »Verschwindet!«

Im nächsten Moment klingelte es an der Haustür. Stella ahnte, wer da um Einlass bat, und trat mit grimmigem Blick an die Tür. Sie hatte bisher noch nichts vom Labor gehört, aber sie wusste einfach, dass Eugen Kiekbusch nichts Gutes im Schilde führte. Und seinem Bruder Ingmar traute sie auch nicht über den Weg.

Beide standen nun vor ihr, mit einem falschen Lächeln im Gesicht, Eugen mit der Arzttasche in der Hand, Ingmar mit einem Fotoapparat.

»Ich dachte mir, ich mache mal wieder ein paar Fotos vom Haus«, sagte Ingmar. »Erst mal außen, aber vielleicht dürfte ich nachher auch reinkommen?«

»Ähm, Fotos vom Haus?«, fragte Stella. »Wieso denn das?« Sie selbst lebte im Haus ihrer Eltern nicht zur Miete, aber bevor sie es geerbt hatte, hatte sie auch in einer Mietwohnung gewohnt. Und sie konnte sich nicht daran erinnern, dass ihr Vermieter jemals bei ihr aufgetaucht war, um Fotos zu machen. Noch dazu in der Weihnachtszeit. »Innen ist jeder Winkel dekoriert. Ich denke, die Bilder wären nicht so recht aussagekräftig«, sagte sie.

»Das lassen Sie mal meine Sorge sein«, erwiderte Ingmar verschnupft.

»Na gut, ich werde Hilde fragen, ob es ihr recht ist.«

»Warum soll es ihr nicht recht sein?«, empörte sich Ingmar. »Setzen Sie doch der alten Dame keinen Floh ins Ohr.«

Eugen griff nach Ingmars Arm und drückte ihn kurz. »Jetzt fotografier du erst mal draußen, dann sehen wir weiter.« Er warf seinem Bruder einen eindringlichen Blick zu, der keine Widerrede duldete. Dann richtete er das Wort an Stella. »Wenn Sie mich dann bitte zu meiner Patientin bringen würden.«

Stella nickte und ließ Doktor Kiekbusch ins Haus. Irgendetwas stimmte zwischen den Brüdern nicht. Sie erinnerte sich an die heftige Diskussion, die sie vor einiger Zeit im Auto vor dem Haus geführt hatten. Und auch gerade eben hatte sie gespürt, dass sich Eugen Kiekbusch nur zusammengerissen hatte, weil sie zugegen war.

Sonst hätte er Ingmar bestimmt eine schärfere Erwiderung um die Ohren geknallt.

Na ja, die familiären Zwistigkeiten gingen sie nichts an. Hildes Gesundheit jedoch sehr wohl. Stella wartete sehnsüchtig auf die Rückmeldung vom Labor, um endlich Klarheit über Eugen Kiekbuschs Handeln zu erlangen.

Stella öffnete die Tür zum Wohnzimmer. Hilde saß wie immer im Sessel am Fenster und las. Als der Arzt eintrat, begrüßte sie ihn verhalten.

»Guten Tag, Herr Doktor. Na, sind Sie wieder hier, um eine alte Frau zu knechten?«

»Na, na, na, meine Liebe. Ich bitte Sie. Ich tue stets mein Bestes.«

»Das bezweifle ich. Ich werde in Zukunft auf diese Aufbauspritzen verzichten. Das Zeug ist teuer und taugt nichts. Da soll die Krankenkasse das Geld mal lieber für die Jüngeren ausgeben.«

»Sie haben ein Recht auf Gesundheit. Das hängt nicht vom Alter ab«, widersprach Kiekbusch.

»Meine Entscheidung steht fest. Keine Spritzen mehr. Stellas Vitaminpillen helfen mir viel besser. Nur, dass ich die selber bezahlen muss.«

Kiekbusch seufzte. »Aber den Blutdruck messen darf ich wohl?«

Hilde schob den Pullover hoch und streckte ihm ergeben den Arm entgegen. Der Arzt verrichtete sein Werk, kontrollierte außerdem Atmung und Lunge und stellte die üblichen Fragen nach Wohlbefinden, Appetit und Allgemeinbefinden.

»Es scheint Ihnen ja blendend zu gehen«, sagte Kiekbusch und klang dabei alles andere als glücklich.

»Das liegt an Stellas exzellenter Pflege. Ich habe mich schon lange nicht mehr so gut gefühlt.« Hilde schenkte Stella ein dankbares Lächeln.

»Na, dann sind meine Dienste hier ja überflüssig.« Kiekbusch raffte seine Sachen zusammen und wandte sich abrupt zum Gehen. »Ich finde allein hinaus, danke.«

»Was war das denn?«, fragte Stella.

»Der Gute ist in seinem Stolz verletzt«, sagte Hilde schulterzuckend. »Aber das ist nicht unser Problem. Wo ist eigentlich Luisa?«

»In ihrem Zimmer. Sie malt.«

Es klingelte an der Haustür.

»Ach, das ist bestimmt Ingmar Kiekbusch«, sagte Stella. »Er wollte Fotos vom Haus machen, falls es dir recht ist.«

»Fotos? Warum denn das?«

»Keine Ahnung. Ich lass ihn herein, dann kannst du das selbst mit ihm besprechen.«

Stella wollte gerade das Wohnzimmer verlassen, da ließ sie ein lautes »Krah, krah!« zusammenschrecken. Mit einem hässlichen Kreischen hatten sich die beiden Raben am Fensterbrett niedergelassen. Wie sehr sie diese Viecher verabscheute! Sie kehrte um und zog die Vorhänge zu.

»Danke«, sagte Hilde. »Diese Tiere sind einfach unheimlich.«

In der Zwischenzeit hatte sich Ingmar Kiekbusch selbst ins Haus gelassen und marschierte selbstbewusst ins Wohnzimmer.

»Liebe Frau Linnenbürger, wie geht es Ihnen? Eugen

meinte, Sie erfreuen sich bester Gesundheit?« Der Vermieter näherte sich mit einem Lächeln, doch sein Blick hatte etwas Lauerndes.

»Danke der Nachfrage. Alles bestens. Ich habe gehört, Sie wollen Fotos machen? Wozu denn das?«, fragte Hilde.

»Eine Immobilie will gehegt und gepflegt werden. Und es schadet nicht, wenn man ihren Zustand von Zeit zu Zeit dokumentiert.«

»In ein paar Tagen ist Weihnachten. Alles ist dekoriert. Man wird auf den Fotos nur Lichterketten und Tannengrün sehen. Aber wenn Sie meinen – bitteschön. Tun Sie, was Sie nicht lassen können.«

Ingmar Kiekbusch nickte zufrieden und machte sich ans Werk.

»Hilde, du hättest dem nicht zustimmen müssen«, sagte Stella. »Vermieter hin oder her, du hast hier das Hausrecht. Er kann nicht einfach hereinspazieren und Bilder knipsen.«

»Warum soll ich einen Aufstand machen? Ingmar Kiekbusch ist ein guter Vermieter. Wenn er meint, dass er die Fotos braucht, dann soll er sie eben machen. Ich habe nichts zu verbergen«, sagte Hilde.

Du nicht, dachte Stella. Aber Ingmar Kiekbusch schon.

32

Die Brüder Kiekbusch waren abgefahren, das Mittagessen vorüber, die Küche aufgeräumt. Im Haus herrschte himmlische Ruhe. Hilde und Luisa hielten ein Mittagsschläfchen, Stella hatte es sich auf der Couch gemütlich gemacht und betrachtete die Bilder vom weihnachtlichen Kalifornien, die Titus ihr geschickt hatte. In ihren Augen passten zwar Palmen und Weihnachtsbäume nicht so gut zusammen, aber schön anzusehen war es trotzdem.

Stella tippte eine kurze Antwort und legte das Handy beiseite. Titus würde bestimmt nicht antworten, in Kalifornien war es jetzt mitten in der Nacht. Sie wollte gerade für einen Moment die Augen schließen, da klingelte ihr Smartphone. Das Display zeigte eine unbekannte Nummer.

»Ja, bitte?«, nahm Stella den Anruf entgegen.

Es war das Labor, sogar der Chef höchstpersönlich.

»Ich rufe an, um Ihnen die Ergebnisse der Analyse mitzuteilen. Bitte haben Sie Verständnis, dass der schriftliche Bericht höchstwahrscheinlich nicht mehr vor Weihnachten bei Ihnen eintreffen wird, aber wenigstens mündlich kann ich Sie über das Resultat in Kenntnis setzen.«

»Danke, das ist sehr freundlich von Ihnen«, sagte Stella. Endlich würde sie Gewissheit erlangen.

»Also, die Analyse hat ergeben, dass sich in der Spritze Kochsalzlösung befand.«

»Kochsalzlösung?«, fragte Stella. Hatte sie etwa die Spritzen vertauscht und aus Versehen ihre eigene eingeschickt? Nein, das konnte nicht sein. Auf gar keinen Fall. Sie war sich absolut sicher, Kiekbuschs Spritze in die Versandtasche gepackt zu haben.

»Ja, Kochsalzlösung und …« Es war Papierrascheln zu hören, bevor der Laborleiter weitersprach. »… Spuren eines Beruhigungsmittels. Aber nur eine sehr geringe Dosis. Wie gesagt, Sie erhalten die schriftliche Analyse so schnell wie möglich, aber wahrscheinlich nicht mehr vor Weihnachten.«

»Kann das Beruhigungsmittel gesundheitliche Störungen verursachen?«, fragte Stella.

»Außer Müdigkeit? In dieser geringen Dosierung eigentlich nicht. Es sei denn, es lägen Allergien oder andere Unverträglichkeiten gegen die Substanz vor. Das würde dann aber heftige Reaktionen nach sich ziehen, die nicht unbemerkt blieben: Atemnot, Schock, so etwas in der Art.«

»Und es befanden sich bestimmt keine anderen Medikamente in der Spritze?«, fragte Stella.

»Nein. Ansonsten war nichts nachweisbar.«

»Danke.« Stella wünschte dem Mann frohe Weihnachten und beendete das Gespräch.

Ratlos stand sie auf und blickte aus dem Fenster. Einige Meisen flogen keck das Futterhäuschen im Garten an, am Boden pickte eine Amsel Kerne auf. Der Wind ließ die Äste der hohen Kiefern zittern, ein paar trockene Blätter tanzten durch die Luft.

Was sollte sie nun mit dem Ergebnis der Analyse anfangen? Stella war sich sicher gewesen, dass Eugen Kiekbusch Hilde keine Aufbauspritzen, sondern einen gefährlichen Medikamentencocktail spritzte. Aber Kochsalzlösung mit einer Spur Beruhigungsmittel? Was wollte er damit bezwecken?

Sie musste ihn zur Rede stellen. Und zwar sofort. Stella schlich nach oben und lauschte an Luisas Tür, ob sie schon wach war. Und tatsächlich, sie hörte leises Gemurmel aus dem Zimmer. Vorsichtig klopfte sie an und trat ein. Luisa saß am offenen Fenster und redete in den Garten hinaus. Sie bekam gar nicht mit, dass Stella im Zimmer stand und redete einfach weiter.

»Ingmar böse, Eugen auch, wollen beide schnell das Haus.«

»Lulu, was redest du denn da?«, fragte Stella kopfschüttelnd.

Es war kalt im Zimmer. Sie ging zu ihrer Tochter und schaute aus dem Fenster. Eine Möwe flog davon. Wobei, wahrscheinlich war es nicht eine Möwe, sondern *die* Möwe. Luisa und der Vogel hatten sich wirklich angefreundet, falls es so etwas gab. Freundschaft zwischen Mensch und Vogel. Wenn es ein Hund gewesen wäre, okay. Oder eine Katze. Aber ein Vogel?

Stella hatte wenig Erfahrung mit gefiederten Tieren. Sie ging jedoch grundsätzlich davon aus, dass jedes Lebewesen eine Seele besaß und das gleiche Recht hatte, auf diesem Planeten zu verweilen wie die Menschen. Warum sollte Luisa also nicht mit einer Möwe befreundet sein? Niemand nahm Schaden daran und ein paar Extravaganzen und Verrücktheiten machten das Leben schließlich erst lebenswert.

»Oh, tut mir leid, dass ich die Möwe verscheucht habe«, sagte Stella.

»Hast du nicht. Sie wollte sowieso gerade wegfliegen«, sagte Luisa.

»Ah. Na gut.« Irgendwie mussten die beiden tatsächlich einen Weg gefunden haben, miteinander zu kommunizieren. Luisa bildete sich das zumindest ein. »Was hältst du davon, wenn wir in die Stadt gehen? Du könntest Eva besuchen.«

»Au ja. Dann können wir Pony und Einhorn spielen.« Luisa sprang vom Fensterbrett und lief zu ihrem Einhornrucksack. »Ich muss unbedingt meine Regenbogenhaarsträhnen mitnehmen. Wo habe ich die nur hingelegt?«

Lächelnd schloss Stella das Fenster und half ihrer Tochter beim Suchen.

Eine halbe Stunde später waren sie auf dem Weg in die Stadt. Sie hatten Hilde gefragt, ob sie mitkommen wolle, aber diese zog es vor, im warmen Wohnzimmer zu bleiben und den angefangenen Roman zu Ende zu lesen.

Stella hatte ihr nichts vom Anruf aus dem Labor erzählt. Noch nicht. Sie wollte erst abwarten, was das Gespräch mit Eugen Kiekbusch ergab. Falls dieser überhaupt mit ihr reden würde. Bisher hatte er sich nicht besonders kooperativ gezeigt. Kein Wunder, denn er hatte ja ganz offensichtlich etwas zu verbergen. Wenn Stella nur wüsste, was der Mann im Schilde führte.

Nachdem sie gemeinsam mit Luisa ein paar Besorgungen erledigt hatte, brachte sie ihre Tochter im Café am Marktplatz vorbei. Es war gerade viel los, weil eine Reisegruppe zu versorgen war, aber Lilo lud sie für später auf eine Tasse Kaffee und ein Stück Kuchen ein. Stella versprach, dass sie in spätestens zwei Stunden zurück sein würde, und machte sich auf den Weg.

Sie wollte die Zeit nicht nur nutzen, um Eugen Kiekbusch zur Rede zu stellen, sondern auch, um Geschenke zu kaufen. Für Hilde sollte es ein dicker Schmöker sein und ein paar flauschig weiche Alpakasocken.

Für Lilo und Steffen wollte sie einen Gutschein für eine Essenseinladung basteln. Die beiden waren immer so damit beschäftigt, dass es ihren Gästen im Café gut ging. Stella fand, dass sie selbst einmal einen schönen Abend verdient hatten. Vielleicht ein gemütliches Raclette-Essen, da hatten auch die Kinder ihren Spaß.

Für Luisa hatte sie bereits vor der Abreise an die Ostsee ein paar Kleinigkeiten besorgt – ein Einhorn-Malbuch, ein Ponypuzzle und ein hübsches Oberteil mit Prinzessin und Einhorn darauf. Außerdem würde Luisa noch einen Gutschein für fünf Reitstunden bekommen, denn Stella wusste, dass ihre Tochter nichts glücklicher machte, als auf dem Rücken eines Ponys zu sitzen. Und dem absolut niedlichen Schlafanzug mit Möwenaufdruck konnte Stella auch nicht widerstehen. Sie hatte ihn im

Vorübergehen in einem Schaufenster erblickt und sich auf der Stelle verliebt. Den würde sie noch mitnehmen, aber dann war es gut.

Stella hielt nichts davon, Kinder mit Geschenken zu überhäufen. Das Wertvollste an Weihnachten war noch immer der Zauber des Heiligen Abends, die gemeinsam verbrachte Zeit, das gute Essen, die feierliche Stimmung. Es sollte nicht zu einem bloßen Konsumrausch verkommen, denn das würde dem Fest seine Seele rauben.

Nur ein Geschenk bereitete Stella Sorgen. Womit könnte sie Titus eine Freude machen? Er war reich und konnte sich alles kaufen, wonach sein Herz begehrte. Darüber hinaus kannte sie ihn kaum, wusste nichts von seinen Wünschen und Träumen. Bis auf eine Sache – er wollte dem Stress in Amerika den Rücken kehren und das geerbte Schloss hier an der Ostsee sanieren.

Plötzlich kam Stella eine Idee zu einem netten Geschenk. Wahrscheinlich würde es zeitlich nicht klappen, dass sie es unter den Weihnachtsbaum legen konnte, aber das machte nichts. Eine Kleinigkeit, damit sie nicht mit leeren Händen dastand, würde sich finden.

Vielleicht ein Rosenstock, der mit dunkelroten, duftenden Blüten anmutig die Eingangstür des Schlosses umranken konnte? Das Exemplar, das momentan sein Dasein dort fristete, sah reichlich vertrocknet aus.

Die Vorstellung gefiel Stella.

Beschwingt betrat sie die Buchhandlung und suchte einen schönen Roman für Hilde aus. In der Papeterie-Abteilung fand sie außerdem alles, was nötig war, um hübsche Gutscheine zu basteln.

Die Alpakasocken für Hilde bekam sie an einem

Stand am Weihnachtsmarkt. Für den Rosenstock würde sie ins Gartencenter fahren, gleich nachher auf dem Heimweg. Aber jetzt stand erst einmal der unangenehmste Teil des Tages an: das Gespräch mit Eugen Kiekbusch.

33

Die Praxis lag nicht weit vom Marktplatz entfernt. Stella verstaute die Einkäufe im Kofferraum, dann eilte sie durch ein paar hübsch dekorierte Seitengassen. Schon hatte sie ihr Ziel erreicht. Das Praxisgebäude war zugleich das Wohnhaus der Brüder Kiekbusch. Es lag idyllisch am Ende der Straße, umgeben von einem prächtigen Garten.

Stella wollte die Glastür zur Praxis aufdrücken, doch diese gab keinen Millimeter nach. Abgeschlossen. Verdutzt schaute Stella auf das goldene Praxisschild. Dienstagnachmittag keine Sprechzeiten. Na toll! Stella kannte es eigentlich so, dass die Praxen am Mittwoch geschlossen hatten. Aber davon wollte sie sich nicht abhalten lassen. Das Gespräch war wichtig, vielleicht war Eugen Kiekbusch ja trotzdem zu Hause.

Die Praxis besaß einen Klingelknopf. Beherzt drückte sie darauf, doch es erfolgte keine Reaktion. Die Sprechanlage blieb stumm, kein Türsummer ertönte. Stella lauschte angestrengt, ob sich vielleicht Schritte von innen näherten. Aber das Einzige, was sie hören konnte, waren gedämpfte Stimmen.

Neugierig öffnete Stella die Gartenpforte und folgte dem gepflasterten Weg zum hinteren Teil des Hauses. Die Stimmen wurden lauter, sie drangen aus der offenen Terrassentür. Stella wollte sich schon bemerkbar machen, doch da ließ sie eine aufgebrachte Frage aufhorchen.

»Wie, sie will deine Spritzen nicht mehr? Wir brauchen das Geld, Eugen. Dringend. Der Verkauf des Hauses würde uns von allen Sorgen befreien, auf einen Schlag. Die Leute zahlen ein Vermögen dafür.«

»Ja, was soll ich denn machen? Ich kann Hilde doch nicht gegen ihren Willen behandeln.«

»Du bist Arzt. Lass dir was einfallen.«

»Genau. Ich bin Arzt. Ich habe einen Eid geleistet. Und zwar, Menschen zu helfen. Nicht, ihnen zu schaden.«

»Schaden, dass ich nicht lache. Die Alte ist zweiundneunzig. Sie hat wahrlich lange genug gelebt.«

»Wie gesagt, ich bin Arzt. Nicht Gott. Es steht mir nicht zu, über die Länge eines Lebens zu entscheiden.«

»Deine hohen moralischen Standards in allen Ehren, aber du vergisst scheinbar, dass es hier um unsere Existenz geht. Fressen und gefressen werden, das ist die Natur. Und ich weiß ganz genau, auf welcher Seite ich stehen will.«

Stella musste schlucken. Sie hatte schon immer ein schlechtes Gefühl bei den Brüdern Kiekbusch gehabt, aber das Ingmar so dermaßen böse war, das überstieg selbst ihre Vorstellungskraft.

»Du bist widerlich, Ingmar. Was ist nur aus dir geworden?«, sagte Eugen voller Verachtung.

»Was aus mir geworden ist? Das Gleiche wie aus dir: ein armer Schlucker. Schließlich geht es hier auch um dein Geld.«

»Mein Geld? Wem haben wir denn den ganzen Schlamassel zu verdanken? Du hast doch alles an der Börse verzockt. Die Gier hat deinen Verstand aufgefressen. Und nun soll ich es ausbaden.«

»Na ja, genau genommen muss es die alte Linnenbürger ausbaden«, sagte Ingmar und lachte ein fieses Lachen.

»Sei nicht so respektlos.«

»Oh, spricht da der Gentleman aus dir, Bruderherz? Vielleicht willst du deiner Hilde noch ein wenig Honig ums Maul schmieren, bevor du sie ins Jenseits spritzt. Gut möglich, dass sie dich in ihrem Testament bedenkt.«

Stella schnappte nach Luft. Sie musste die Faust gegen den Mund drücken, um nicht laut aufzuschreien. Was bildete sich dieser Mann eigentlich ein? Sie wollte losstürmen und ihn zur Rede stellen, aber ihre Vernunft hielt sie zurück.

Beruhige dich und denke nach, ermahnte sich Stella.

Die Kiekbuschs waren angesehene Bürger der Stadt. Die Analyse der Spritze hatte keinen tödlichen Medikamentencocktail ergeben, im Grunde hatte Stella keine Beweise, wenn sie mit diesen Anschuldigungen nun zur Polizei gehen würde. Hätte sie doch bloß das Gespräch mit ihrem Handy aufgezeichnet!

Plötzlich nahm Stella einen schwarzen Schatten wahr. Zwei Raben stürzten auf sie zu. Herrje, was wollten diese

Viecher von ihr? Sie krächzten ohrenbetäubend und wichen keinen Millimeter von ihrem Kurs ab. Stella sah keine andere Möglichkeit, als sich mit einem beherzten Sprung ins Gebüsch zu retten.

Die Raben ließen sich zeternd auf dem Fensterbrett nieder, was natürlich die Aufmerksamkeit der Kiekbuschs auf sich zog.

Hoffentlich kommen sie nicht heraus, dachte Stella und kauerte sich im Gebüsch zusammen. Doch das Quietschen der Terrassentür verhieß nichts Gutes. Stella sah, wie sich zwei Beine auf das Gebüsch zubewegten und dann langsam auf- und abgingen. Sie zog den Kopf ein und duckte sich, machte sich so klein, wie sie nur konnte, und atmete ganz flach.

Anscheinend blieb sie unbemerkt, denn nach einer gefühlten Ewigkeit bewegten sich die Beine von der Hecke weg. Endlich! Stella atmete auf und spürte, wie es in ihrer Nase kitzelte.

Nein, nicht jetzt, flehte sie, hielt die Luft an und zog die Nase kraus. Doch es half nichts. Ein lautes »Hatschiiii« hallte schon im nächsten Moment durch den Garten. Es dauerte keine zwei Sekunden, da bogen sich die Äste über Stella auseinander und Ingmar Kiekbusch schaute sie mit einer Mischung aus Überraschung und Feindseligkeit an.

»Sie? Was machen Sie hier?«, fragte er.

»Katze«, presste Stella heraus. »Ich habe eine kleine Katze jämmerlich schreien gehört. Sie muss hier irgendwo sein.«

»Wir haben keine Katze.«

»Sie könnte entlaufen sein.«

»Es ist Winter. Da gibt es keine kleinen Katzen.«

Stella kroch aus dem Gebüsch. So würdevoll wie möglich zupfte sie sich das Laub aus den Haaren.

»Eigentlich wollte ich zu Ihrem Bruder«, sagte sie und bemühte sich um ihr freundlichstes Lächeln. »Ich habe vorn an der Praxis geklingelt, aber es hat niemand aufgemacht. Und dann habe ich dieses klägliche Miauen gehört und …«

»Es hat niemand aufgemacht, weil die Praxis am Dienstagnachmittag geschlossen ist.«

»Vielleicht kann ihr Bruder eine Ausnahme machen. Es ist wirklich wichtig.«

»Nein, kann er nicht. Er ist gerade nicht im Haus«, sagte Ingmar Kiekbusch und schielte zum Fenster.

Dort stand Eugen Kiekbusch und schaute neugierig auf das Geschehen im Garten. Als er Anstalten machte, nach draußen zu kommen, wedelte Ingmar aufgeregt mit der Hand und gab ihm zu verstehen, dass er sich fernhalten sollte.

»Oh, wie es aussieht, ist Ihr Bruder gerade nach Hause gekommen«, sagte Stella. »Vielleicht könnte ich …«

»Nein, das geht nicht. Ich muss Sie bitten, jetzt zu gehen. Auf Wiedersehen.« Ingmar wies zur Gartenpforte.

Stella überlegte fieberhaft, wie sie reagieren sollte. Die Brüder Kiekbusch zur Rede stellen? Das Gehörte erst einmal sacken lassen und sich eine Strategie überlegen? Mit Titus darüber sprechen?

Sie entschied sich für Letzteres und gab Ingmars Drängen nach, den Garten zu verlassen. Mittlerweile hatte er sogar eine Hand auf ihre Schulter gelegt und übte sanften, aber bestimmten Druck aus, um sie zum Ausgang zu bugsieren.

»Richten Sie Ihrem Bruder bitte aus, dass ich mit ihm sprechen möchte«, sagte Stella zum Abschied. »Es geht um die Aufbauspritzen. Mir ist da so einiges unklar.«

Ingmar Kiekbusch, der sich die ganze Zeit um eine halbwegs freundliche Miene bemüht hatte, entgleisten die Gesichtszüge. Stella registrierte, wie sich hinter seiner Stirn die Fragen überschlugen. Hatte sie etwa den Streit belauscht? Wusste sie Bescheid?

Einen Augenblick dachte Stella, er würde sie packen und zurück in den Garten schleifen. Sie sah sich schon gefesselt und geknebelt im Keller sitzen, während die Brüder überlegten, wie sie die lästige Mitwisserin unverdächtig aus dem Weg räumen konnten. Aber nichts dergleichen geschah.

Hildes Vermieter erlangte seine Fassung wieder und schaffte es sogar, sein falsches Lächeln anzuknipsen.

»Werde ich ausrichten. Auf Wiedersehen.«

34

Der Rest des Tages gestaltete sich schwierig. Erst musste Stella bei Lilo gute Miene zum bösen Spiel machen. Es kostete sie ganz schön viel Kraft, mit ihren Gedanken nicht ständig abzudriften, sondern Lilo eine gute Gesprächspartnerin zu sein. Und das wollte sie unbedingt, denn Lilo hatte nichts anderes verdient. Die Cafébesitzerin war von Anfang an so herzlich und liebenswürdig gewesen und sogar jetzt, in der stressigen Vorweihnachtszeit, ließ sie es sich nicht nehmen, eine Tasse Kaffee mit Stella zu trinken. Auf keinen Fall wollte sie Lilo mit ihren Problemen belasten.

Die nächste Herausforderung war, die Weihnachtsgeschenke vor Luisas neugierigen Blicken zu verbergen. Den im Gartencenter gekauften Rosenstock stellte sie auf die Rückbank anstatt in den Kofferraum, was Luisa sofort stutzig machte. Mit dem untrüglichen Gespür der Kinder ausgestattet, jedes noch so kleine Geheimnis Erwachsener aufzuspüren, feuerte sie auf der Heimfahrt einen regelrechten Fragenkatalog auf Stella ab. Warum hatte sie die

Pflanze nicht in den Kofferraum gepackt? Sonst tat sie das doch immer, damit die Sitze nicht schmutzig wurden. Ob denn etwas im Kofferraum sei, was sie nicht sehen durfte?

Sichtlich erschöpft stieg Stella zu Hause aus dem Auto, mit dem Problem konfrontiert, wie sie die Geschenke unbemerkt hinein schaffen konnte. Natürlich erwies sich Luisa als extrem anhänglich und mitteilungsbedürftig und Stella beschloss, mit dem Ausräumen des Autos zu warten, bis ihre Tochter im Bett lag.

Nach dem Abendessen war es Hilde, deren neugierige Nachfragen abgewehrt werden mussten. Die alte Dame ahnte, dass Stella etwas auf dem Herzen hatte und forderte sie auf, sich den Kummer von der Seele zu sprechen.

Stella schob vor, dass es am Geschenk für Titus lag, das ihr Kopfzerbrechen bereitete und schilderte ihre Idee, ein Fotobuch zu gestalten, in dem der Zustand des Schlosses von früher bis heute dokumentiert war.

Hilde schluckte den Köder und war sofort Feuer und Flamme.

»In einem meiner Bücher kam das Schloss vor. Ich habe damals ein wenig recherchiert und eine Mappe angelegt. Sie muss irgendwo auf dem Dachboden in einem Karton sein.« Hilde rieb sich nachdenklich das Kinn. »Ich weiß nicht genau, wo. Aber es sind jede Menge Fotos darin.«

»Das ist toll. Ich sehe morgen mal nach«, sagte Stella. »Das Fotobuch wird bis Weihnachten sowieso nicht mehr fertig. Also, fertig schon. Aber nicht mehr gedruckt.«

»Das macht doch nichts. Titus wird sich auch später darüber freuen. Wie geht es ihm denn in Amerika?«

»Ganz gut, glaube ich. Er hat nur ein paar Fotos geschickt und eine kurze Nachricht, dass er wohlbehalten angekommen ist. Ich werde ihn nachher anrufen.«

»Du meinst, wenn die alte Hilde endlich im Bett ist.«

»So war das nicht gemeint.« Stella lachte.

»Ich weiß. Aber für mich reicht es heute. Ich werde noch ein paar Seiten lesen und dann schlafen.« Hilde erhob sich schwerfällig.

»Warte, ich helfe dir.«

Nachdem Hilde im Bett lag und Stella die Geschenke aus dem Auto geholt hatte, goss sie sich eine Tasse Kräutertee ein und klappte ihren Laptop auf. In Kalifornien war es jetzt Mittag, gut möglich, dass sie Titus erreichte.

Und tatsächlich, kurze Zeit später lächelte Stella sein Gesicht vom Bildschirm entgegen.

»Hallo«, sagte sie. In ihrem Bauch tobte eine Horde wilder Schmetterlinge. »Störe ich?«

»Stören? Ganz im Gegenteil. Schön, dass du anrufst. Wie geht es dir?«

Stella und Titus hielten ein wenig Small Talk, bevor Stella damit herausrückte, was ihr auf dem Herzen lag. So kurz wie möglich versuchte sie, das Vorgefallene zu schildern, und hoffte, dass ihre Ausführungen nicht allzu konfus klangen.

»Also, habe ich dich richtig verstanden«, sagte Titus. »Der Arzt Eugen Kiekbusch hat Hilde Aufbauspritzen verabreicht, die gar keine waren. Sie enthielten nur Kochsalzlösung und eine geringe Menge Beruhigungsmittel. Getan hat er das im Auftrag seines Bruders Ingmar, der Hilde loshaben will, weil er das Haus verkaufen möchte. Das ist eine abenteuerliche Geschichte.«

»Ja, ich weiß. Ingmar hat anscheinend das komplette Vermögen, also sein eigenes und das seines Bruders, an der Börse verzockt. Für Hildes Haus würden sie viel Geld bekommen, was die Probleme lösen würde. Allerdings hat Hilde einen Mietvertrag auf Lebenszeit.«

»Und dann beauftragt er einfach seinen Bruder, Hilde ins Jenseits zu befördern? Das ist ja wie im Krimi.«

»Nur, dass Eugen Kiekbusch trotz allem noch ein Gewissen besitzt. Denn anscheinend hat er Ingmar nur glauben lassen, dass er Hilde zweimal wöchentlich irgendein Gift spritzt, aber in Wahrheit hat er es gar nicht getan. Was soll ich jetzt nur machen, Titus? Soll ich zur Polizei gehen?«

»Zur Polizei? Ich weiß nicht, ob das sinnvoll ist. Nehmen wir einmal an, sie würden deine Vorwürfe dort ernst nehmen, was gar nicht gesagt ist. Aber wenn sie es tun, unter welchem Stern steht dann Weihnachten? Hilde hat mir erzählt, wie sehr sie sich noch einmal einen richtig festlichen Heiligabend wünscht. Den wird sie dann nicht bekommen, sondern Kummer, Sorgen und Zukunftsängste unter dem Weihnachtsbaum finden. Ich habe eine viel bessere Idee«, sagte Titus.

»Und die wäre?«

»Ich kaufe Hildes Haus. Dann kann sie bis zu ihrem Lebensende dort wohnen bleiben. Und dieser Ingmar bekommt sein Geld. Problem gelöst.«

Stella wusste nicht, was sie sagen sollte. Sie hatte bisher noch keinen Menschen kennengelernt, in dessen Leben Geld keine Rolle spielte. Der einfach so ein Haus kaufen konnte, damit eine alte Dame ihren Lebensabend in Ruhe verbringen durfte. Das war surreal.

»Du sagst ja gar nichts.«

»Es tut mir leid, aber für mich klingt das wie im Märchen. Als wärst du der reiche Prinz, der das arme Mädchen rettet.«

»Na ja, für irgendetwas muss das ganze Geld ja gut sein, oder? Und es ist ja nicht so, dass ich nichts davon habe. Immerhin gehört mir dann ein Haus am Meer, für das Hilde ja auch Miete bezahlt. Der einzige Unterschied zwischen mir und Ingmar ist, dass ich meine Mieterin nicht vergiften möchte.«

»Aber wir können ihn doch nicht einfach so davonkommen lassen«, sagte Stella. »Im Endeffekt belohnst du ihn ja noch für seine Boshaftigkeit.«

»Ich finde, hier geht es in erster Linie nicht um diesen Ingmar, sondern um Hilde. Außerdem betrachte ich die Sache nicht aus einer emotionalen, sondern aus einer nüchternen Perspektive: Wie kann ich schnell und unbürokratisch helfen? Ich bin Geschäftsmann, kein Polizist oder Richter.«

»Du findest also, Ingmar Kiekbusch hat keine Strafe verdient?«

»Doch, natürlich hätte er sie verdient. Das heißt aber nicht, dass er sie auch bekommt. Und schon sind wir wieder beim Märchen: Dort gibt es Gerechtigkeit. Im realen Leben leider nicht. Oder nicht immer.«

»Das ist traurig.«

»Ja, vieles auf dieser Welt ist traurig. Der Hunger in Afrika, die Umweltverschmutzung, Bildungsungleichheit, Gewalt, Tierquälerei. Angesichts des Übermaßes an Leid könnte man schier verzweifeln und den Kopf in den Sand stecken. Oder man hilft eben da, wo man kann. Ich kann

Hilde helfen. Und ich tue es gerne. Hast du eine Telefonnummer von diesem Ingmar? Mein Anwalt wird dann gleich morgen alles in die Wege leiten.«

»Ich schicke dir den Kontakt«, sagte Stella, aber innerlich zweifelte sie.

Konnte das Leben wirklich so einfach sein?

35

Titus hatte Stella am Telefon verraten, dass er den Schlüssel für das Schloss einfach unter den schweren Blumenbottich neben der Terrassentür gelegt hatte. Nicht besonders einfallsreich, aber er meinte, durch die kaputten Scheiben könnte sowieso jeder ins Haus, von daher sah er keine Notwendigkeit für ausgefeilte Vorsichtsmaßnahmen.

So kam es, dass Stella am nächsten Tag Hilde und Luisa ins Auto packte und sich auf den Weg zum Schloss machte. Sie wollte mit zahlreichen Fotos den derzeitigen Zustand des Bauwerks so gut wie möglich festhalten.

Hilde lotste sie auf die richtigen Straßen. Stella hatte das Schloss bisher ja nur zu Fuß vom Strand aus besucht und wusste gar nicht, wie man mit dem Auto dort hingelangte. Das Anwesen war gar nicht so leicht zu finden, lag es doch versteckt hinter einem Wäldchen auf den Klippen. Aber Hilde kannte die Gegend wie ihre Westentasche und navigierte Stella zielstrebig auf immer schmaler werdende Schotterwege, bis sie schließlich vor dem eindrucksvollen schmiedeeisernen Tor standen. Auf einem der gemauerten Torpfosten saß eine Möwe und schlug mit dem Flügel. Es sah aus, als würde sie ihnen zuwinken.

»Hallo Möwe!« Luisa sprang aus dem Auto, so schnell konnte Stella gar nicht schauen.

Die Möwe gab ein Geräusch von sich, das sich wie ein Lachen anhörte und flog direkt neben Luisa auf die Motorhaube des Autos. Hilde gab einen erschrockenen Laut von sich, aber Stella beruhigte die alte Dame.

»Keine Sorge, die beiden sind befreundet.«

»Befreundet?« Hilde schüttelte den Kopf. »Sachen gibt's.«

Stella stieg aus, um das Tor zu öffnen. Dabei fiel ihr auf, wie lustig ihr kleiner, roter Wagen vor dem herrschaftlichen Tor aussah. Ein wenig wie ein Spielzeugauto.

»Hilde, lass doch mal das Fenster herunter und schau heraus«, sagte sie ins offene Auto hinein. »Das hier ist ein schönes Fotomotiv. Wir machen ein Selfie.«

Stella setzte sich neben Luisa auf die Motorhaube. Es wurde ein lustiges Bild. Alle lachten, sogar die Möwe war zu sehen. Zufrieden öffnete Stella das Tor und fuhr vor das Schloss.

»Und da können wir jetzt einfach so reingehen?«, fragte Hilde.

»Titus hat nichts dagegen. Ich habe ihn gefragt.«

»Na, dann.« Etwas wackelig auf den Beinen, aber voller Abenteuerlust, marschierte Hilde los.

Luisa übernahm sofort die Rolle der Schlossführerin. In Begleitung der Möwe spazierte sie neben Hilde her und erzählte allerlei Unfug. Stella lauschte mit einem Ohr und knipste dabei schmunzelnd Fotos.

»Ach, das war ein schöner Ausflug«, sagte Hilde auf der Heimfahrt. »Obwohl ich hundemüde bin, fühle ich mich wie neugeboren.«

»Es tut gut, mal rauszukommen, nicht wahr?« Stella schenkte Hilde ein kurzes Lächeln, bevor sie den Blick wieder auf die Straße richtete.

»Ja, es ist wunderbar. Margrit hat mich wie ein rohes Ei behandelt. Ich weiß, sie hat es nur gut gemeint, aber seit ihr beiden da seid, geht es mir um Längen besser.«

»Das freut mich«, sagte Stella.

»Hast du schon mal darüber nachgedacht, hierzubleiben? Das wäre wirklich schön«, sagte Hilde.

»Oh.« Stella wusste nicht so recht, was sie darauf sagen sollte.

Sie hatte die Stelle in den Glauben angetreten, einer schwerkranken Frau ein letztes schönes Weihnachtsfest zu bescheren. Doch nun hatten sich die Dinge ganz anders entwickelt. Hildes Gesundheitszustand verbesserte sich täglich, mit etwas Glück würde sie noch einige schöne Weihnachtsfeste feiern können. Und dann gab es ja schließlich auch noch Titus und seinen verrückten Plan, das Schloss zu sanieren.

Titus! Stella brauchte nur an ihn zu denken und ihr Herz schlug auf der Stelle schneller.

»Zieh diese Möglichkeit einfach mal in Betracht«, sagte Hilde in Stellas nachdenkliches Schweigen hinein und tätschelte ihren Oberschenkel. »Ich könnte mir vorstellen, dass nicht nur ich mich darüber freuen würde.«

36

Stella gähnte ausgiebig. Es war bereits zwei Uhr morgens und langsam ließ sich die Müdigkeit nicht mehr zurückdrängen. Aber sie hatte geschafft, was sie wollte. Die Bilder des Schlosses füllten nun ein hübsches Fotobuch.

Stella hatte die aktuellen Fotos mit alten Aufnahmen gemischt, die sie aus Hildes Sammlung abfotografiert hatte. Das Ergebnis konnte sich wirklich sehen lassen. Und das Beste an der ganzen Sache war, dass sie sogar eine Druckerei gefunden hatte, die einen Expressservice noch vor Weihnachten anbot. Das Buch sollte tatsächlich bis Heiligabend geliefert werden!

Erschöpft, aber glücklich, gab Stella die Bestellung auf und klappte den Laptop zu. Mit letzter Kraft schrubbte sie ihre Zähne und kroch dann selig unter ihre Bettdecke. Ihr Kopf hatte kaum das Kissen berührt, da war sie auch schon eingeschlafen.

Am nächsten Tag wurde sie vom Heulen des Windes geweckt. Der Ast eines Baumes schlug immer wieder gegen die Regenrinne, was ein hässliches metallisches

Knirschen verursachte. Unmöglich, bei dem Lärm zu schlafen. Also schlüpfte Stella in ihre Klamotten und warf beim Hinuntergehen vorsichtig einen Blick in Luisas Zimmer.

Kind müsste man sein!

Ihre Tochter schlief tief und fest und schien von dem Sturm nichts mitzubekommen. Eine Welle von Liebe und Zuneigung flutete Stellas Herz bei Luisas Anblick. Und gleichzeitig überkam sie die beruhigende Gewissheit, dass alles im Leben einen Sinn hatte. Ja, die Beziehung mit Frank war gescheitert, aber dafür hatte sie Lulu bekommen. Was Besseres hätte ihr gar nicht passieren können. Sie hauchte einen Kuss in Richtung ihrer Tochter und zog leise die Tür zu.

Auf Zehenspitzen schlich sie zum Briefkasten und holte die Tageszeitung herein. Dabei hätte sie der Wind beinahe umgepustet, so heftig blies eine Böe vom Meer herauf. Stella war froh, als sie die Haustür hinter sich schließen konnte und in Sicherheit war. Als sie an Hildes Zimmer vorbeikam, spielte sie Mäuschen und lauschte, ob die alte Dame schon wach war. Aber es war kein Mucks zu hören. Nur der Wind jagte ums Haus, als wäre der Teufel hinter ihm her.

Stella ging in die Küche, kuschelte sich in ihre übergroße Strickjacke und bereitete sie sich eine Tasse Kaffee zu. Genießerisch naschte sie das kleine Schokoladentäfelchen aus ihrem Adventskalender. War heute wirklich schon der 19. Dezember? Die Zeit flog nur so dahin, seit sie hier bei Hilde am Meer waren.

Sie schlug die Zeitung auf und blätterte durch die Seiten. Überflog hier und da einen Artikel, betrachtete die Fotos, studierte ohne Notwendigkeit den Anzeigenmarkt. Fast ganz am Ende der Zeitung angekommen, erregte eine Übersicht Stellas Aufmerksamkeit. Das Weihnachtswetter weltweit. Während Norwegen und Schweden in Schneemassen versinken sollten, war die Prognose für ihren Standort eigentlich ganz gut: Der Sturm sollte abflauen und ab morgen sollte leichter Schneefall einsetzen. Weiße Weihnachten am Meer, das wäre doch was!

Stella überflog die Aussichten für Länder wie Griechenland, Japan und Brasilien. Und blieb dann an den USA hängen. Während die Menschen in Florida am Strand feiern konnten, sollte es ausgerechnet in Kalifornien ein Unwettertief geben. Hastig zog Stella ihren Laptop heran und googelte nach dem Wetter in Kalifornien. Es wurden tatsächlich schwere Unwetter für die nächsten Tage vorausgesagt, die gravierende Einschränkungen für das öffentliche Leben nach sich ziehen konnten. Sogar eine Einstellung des Flugverkehrs war möglich.

Oh nein, dachte Stella. Sie hatte sich so darauf gefreut, mit Titus Weihnachten zu feiern. Schnell rechnete sie neun Stunden zurück. Es war später Abend in Kalifornien, gut möglich, dass sie Titus erreichte.

Sie startete den Videoanruf und es dauerte nicht lange, bis sie Titus vor sich am Bildschirm hatte. Der Umgebung nach zu urteilen, saß er noch immer in seinem Büro. Er sah müde aus, aber Stellas Anruf zauberte ihm ein Lächeln ins Gesicht.

»Oh je, musst du noch arbeiten?«, fragte Stella.

»Ach, das ist normal hier. Die Amerikaner sind allesamt Workaholics.«

»Wie ist das Wetter bei euch?« Stella hielt den Zeitungsartikel ins Bild. »Hier steht, es soll schwere Unwetter geben.«

»Tatsächlich?« Titus' Blick wanderte weg von der Kamera, anscheinend schaute er aus dem Fenster. »Ja, es ist sehr windig da draußen. Aber ich habe noch nichts mitbekommen von einem Unwetter.«

»Hast du dein Büro überhaupt verlassen?« Stella musterte Titus skeptisch. Er schien noch die gleichen Klamotten zu tragen wie am Vortag.

»Okay, erwischt. Ich war die ganze Zeit hier. Die Couch in meinem Büro ist sehr bequem.« Er lächelte, aber es wirkte ein wenig gequält.

»Möglicherweise wird sogar der Flugverkehr eingestellt«, sagte Stella. »Vielleicht solltest du einen früheren Flug nach Deutschland nehmen.«

»Das würde ich gerne. Aber ich kann hier noch nicht weg.«

»Ich mach mir Sorgen. Bitte, pass auf dich auf«, bat Stella.

»Keine Angst, das werde ich. Wir sehen uns am Vierundzwanzigsten.« Titus schickte ihr einen virtuellen Kuss.

Stella klappte den Laptop zu und nippte an ihrem Kaffee. In ihren Augen ging Titus ein wenig zu sorglos mit der Wetterprognose um. Aber er war ein erwachsener Mann. Er würde schon wissen, was er tat.

37

Heiligabend rückte mit großen Schritten näher. Die letzten Tage vor dem Fest waren wie im Flug vergangen. Stella hatte sich um Hilde gekümmert, heimlich die Geschenke eingepackt und den Haushalt kräftig auf Vordermann gebracht. Sie hatte gewaschen und geputzt wie eine Weltmeisterin, damit für die Feiertage alles blitzte und glänzte.

Heute, für den Tag vor Weihnachten, hatte sie noch eine besondere Überraschung für Hilde geplant. Sie wollte sie auf den Weihnachtsmarkt mitnehmen und danach einen Abstecher ins Café am Marktplatz machen. Lilo war bereits informiert und freute sich sehr, eine gute Freundin ihrer verstorbenen Tante kennenzulernen.

Der Sturm hatte mittlerweile abgeflaut und war einem weihnachtlichen Schneetreiben gewichen. Dicke, weiße Flocken fielen tanzend vom Himmel und schmückten die Fensterscheiben mit Eisblumen. Es war wunderschön.

Stella vergewisserte sich, dass sowohl Hilde als auch

Luisa warm genug angezogen waren, dann brachen sie auf. Es wurde ein wenig eng im Auto, weil Stella darauf bestand, sicherheitshalber den klappbaren Rollstuhl mitzunehmen. Hilde behauptete zwar felsenfest, dass sie ihn nicht brauchen würde, aber man wusste ja nie. Die alte Dame hatte schon lange keinen Ausflug in die Stadt mehr unternommen und unterschätzte möglicherweise, wie kräftezehrend so ein Besuch auf dem trubeligen Weihnachtsmarkt sein konnte.

Doch zu Stellas Überraschung strotzte Hilde nur so vor Energie. Gemeinsam mit Luisa bewunderte sie die Krippe, die heute zur Feier des Tages mit echten Tieren bestückt war. Ein Esel, zwei Schafe, ein Pony und drei freche Ziegen stapften in dem dick mit Stroh ausgelegten Auslauf umher und entlockten vor allem den Kindern begeisterte Quietschlaute.

Auf der Bühne sang ein Gospelchor Weihnachtslieder und sorgte für so manchen Gänsehautmoment. Dazu zog der Duft von gebratenen Mandeln, Glühwein, Bratwurst und Maronen durch die Buden.

»Herrlich ist das!«, sagte Hilde mit leuchtenden Augen.

Sie hatte eine Hand auf den Stock gestützt, mit der anderen war sie bei Stella untergehakt. Langsam flanierten sie durch das Gedränge und Hilde schien jede einzelne Minute zu genießen. Als Luisa gerade fasziniert an einem Stand mit kunterbunten Spielwaren hängen blieb, senkte Hilde vertraulich die Stimme.

»Danke, Stella. Danke für alles.«

»Es gibt nichts zu danken«, sagte Stella.

»Oh, doch. Durch dich bin ich wieder zu Kräften

gekommen. Noch vor einem Monat hätte ich mir nicht träumen lassen, dass ich den Leuchtturm, das Schloss und den Weihnachtsmarkt besuche. Aber du hast mir meine Schwäche nicht durchgehen lassen, hast mich zum Essen animiert, den Rollstuhl links liegen lassen, meine Lebensgeister geweckt. Dafür danke ich dir von ganzem Herzen.«

»Es ist mir eine Freude, an deiner Seite zu sein«, sagte Stella und drückte gerührt Hildes Hand.

Im Café am Marktplatz wurden sie schließlich mit großem Hallo begrüßt. Hilde sah sich neugierig im Café um. Zufrieden nahm sie zur Kenntnis, dass Lilo die Einrichtung größtenteils so belassen hatte, wie sie von ihrer Großtante Marlene einst angeschafft worden war.

»Diese roten Samtsofas sind so heimelig und gleichzeitig edel, ich habe es geliebt, darauf zu sitzen, vor mir eine Tasse Kaffee und die Tageszeitung. Wie eine Königin habe ich mich immer gefühlt.« Hilde strich voller Nostalgie über den weichen Stoff.

»Ja, das sagen viele der Gäste.« Lilo servierte lächelnd Kaffee und Kuchen. Auch ein altes Fotoalbum hatte sie dabei.

Während die beiden Frauen in der Vergangenheit versanken, trieb Luisa mit Eva Schabernack im Vorraum der Küche. Stella wollte sie zur Vernunft rufen, doch Steffen meinte grinsend, dass man Weihnachtskobolde nicht stören durfte.

»Wir sind keine Kobolde«, rief Eva entrüstet. »Ich bin eine Elfe.«

»Und ich bin eine Prinzessin«, sagte Luisa.

»Na, dann.« Steffen zuckte mit den Schultern. »Aussehen tut ihr wie Kobolde.«

»Gar nicht wahr«, krähten die Mädchen entrüstet.

Stella verabschiedete sich lachend. Hilde und Luisa waren in guten Händen. Sie konnte die Zeit nutzen, um die letzten Besorgungen für die Feiertage zu erledigen. Nur frisches Brot würde sie morgen noch beim Bäcker holen, alles andere wollte sie heute erledigen.

Auf dem Weg zum Metzger warf Stella einen Blick auf ihr Handy. Titus, melde dich doch endlich, dachte sie.

Stella machte sich Sorgen. Natürlich waren die Vorhersagen eingetroffen und heftige Unwetter wüteten in Kalifornien. Und sie konnte Titus schon seit zwei Tagen nicht mehr erreichen. Bei ihrem letzten Gespräch hatte er ihr noch versichert, dass er auf jeden Fall nach Deutschland fliegen würde, aber mittlerweile hatte sich die Lage geändert. Ein Flug nach dem anderen wurde gestrichen und Titus reagierte weder auf Anrufe noch auf Nachrichten.

War ihm etwas zugestoßen?

38

Am frühen Nachmittag kehrten Hilde, Stella und Luise von ihrem Ausflug in die Stadt zurück. Eine feierliche Stille hatte sich über die Landschaft gelegt. Die dünne Schneeschicht schluckte die Geräusche und ließ alles so herrlich festlich aussehen. Und es sollte sogar noch weiterschneien, sodass weiße Weihnachten dieses Jahr kein Traum bleiben würden.

Stella freute sich über dieses Geschenk des Himmels. Hilde hatte sich so sehr ein wunderbares Weihnachtsfest gewünscht und nun waren die Voraussetzungen wirklich perfekt. Und auch Luisas Augen strahlten bei jedem Blick aus dem Fenster. Sie wollte unbedingt einen Schneemann bauen, aber dazu war die Schneeschicht noch zu dünn und der Schnee auch viel zu pulverig.

»Vielleicht morgen«, sagte Stella. »Wenn es die ganze Nacht schneit, dann können wir bestimmt einen tollen Schneemann bauen.«

»Mit einer Karottennase?«, fragte Luisa.

»Mit einer Karottennase«, versicherte Stella ihrer Tochter.

»Das muss ich gleich Hilde erzählen.« Luisa rannte aus der Küche ins Wohnzimmer.

Stella schob ein Blech mit Bratäpfeln ins Backrohr. Von nebenan hörte sie das aufgeregte Geplapper ihrer Tochter. Plötzlich kam Luisa wieder in die Küche gelaufen.

»Mama, kannst du Weihnachtsmusik anmachen? Biiiitttee.«

»Natürlich, mein Schatz.« Stella wollte ihr Handy aus der Tasche holen und eine Playlist starten, aber Luisa schüttelte den Kopf.

»Auf dem Schalldings. Das knistert so schön.«

»Du meinst den Schallplattenspieler. Na gut, komm mit.« Sie gingen ins Wohnzimmer, wo Hilde ganz verzückt aus dem Fenster schaute.

Stella legte eine Platte auf und setzte sich Hilde gegenüber. Luisa kletterte auf den Schoss ihrer Mutter und kuschelte sich zufrieden und ein wenig schläfrig an sie.

»Ist das ein herrlicher Tag heute«, sagte Hilde. »Diese Ruhe vor dem Heiligabend finde ich immer besonders schön. Wenn man den Trubel hinter sich lässt und zur Ruhe kommt.«

»I'm dreaming of a white Christmas«, sang Bing Crosby leise, der Christbaum strahlte und glitzerte mit der Weihnachtsdeko um die Wette, draußen rieselten Schneeflocken vom Himmel und hüllten den Garten in eine immer dickere weiße Decke. Der verführerische

Duft von Bratäpfeln zog durchs Haus. Luisa war mittlerweile eingeschlafen und sah friedlich und unschuldig aus wie ein kleiner Engel.

»Ich weiß, was du meinst. Kein Lärm, kein rastloses Herumhetzen, sondern nur noch diese Feierlichkeit, die einem so eine angenehme Schwere verleiht.« Stella strich ihrer schlafenden Tochter lächelnd über die Haare.

»Hast du denn schon etwas von Titus gehört?«, fragte Hilde.

»Nein, leider nicht. Ich hoffe, es geht ihm gut.«

»Bestimmt tut es das.«

Genau in diesem Moment klingelte es an der Tür. Hilde und Stella warfen sich einen überraschten Blick zu, doch in den Augen der alten Frau blitzte etwas auf, das man wie ein verschmitztes »Na, siehst du« deuten konnte.

Titus?, dachte Stella und sofort begann ihr Herz vor Freude und Aufregung heftig zu klopfen.

Sie bettete Luisa sanft auf den Sessel und bereitete eine Decke über sie.

»Wie sehe ich aus?«, fragte sie Hilde und strich sich kokett durch die Haare. Dann tänzelte sie zur Tür.

Doch Stellas Hoffnungen wurden jäh zerstört, als sie auf den Flur treten wollte.

Klack.

Klack.

Gefolgt von einem scheußlichen Krächzen.

Ihr Blick glitt zum Fensterbrett. Groß und bedrohlich saßen zwei Raben dort und starrten herein.

»Die Brüder Kiekbusch«, seufzte Stella.

Und das so kurz vor Weihnachten. Was bildeten sich

die beiden Verbrecher eigentlich ein? Entschlossen marschierte sie zur Tür. Sie würde nicht zulassen, dass sie Hilde das Fest verdarben.

39

»Dürfen wir hereinkommen?«, fragte Eugen Kiekbusch. »Es gibt Neuigkeiten.«

»Jetzt, vor Heiligabend? Kann das nicht bis nach den Feiertagen warten?«, fragte Stella.

»Nein. Wir möchten die Nachricht gerne persönlich überbringen. Das ist das Mindeste, was wir tun können.«

Stella schnaufte. Gerne hätte sie den Herren eine heftige Erwiderung an den Kopf geworfen.

Das Mindeste, was sie tun konnten, wäre Hilde in Ruhe zu lassen. Nicht auf ihr Ableben zu spekulieren, um das Haus verkaufen zu können. Doch Stella zügelte ihre Zunge und besann sich eines Besseren.

Erst wollte sie hören, was die Brüder Kiekbusch zu sagen hatten. Dann konnte sie immer noch entscheiden, wie sie weiter vorgehen würde.

»Können wir nun hereinkommen?«, fragte Ingmar Kiekbusch ungeduldig.

Sofort warf ihm Eugen einen vernichtenden Blick zu.

»Es wäre wirklich sehr freundlich«, sagte der Arzt beschwichtigend.

»Kommen Sie in die Küche«, sagte Stella. »Hilde und Luisa sind im Wohnzimmer.«

»Oh, es wäre uns aber ein Anliegen, dass Frau Linnenbürger dem Gespräch beiwohnt«, sagte Eugen Kiekbusch.

»Morgen ist Heiligabend. Sie freut sich sehr darauf. Ich möchte nicht, dass diese Freude getrübt wird«, sagte Stella.

»Das wird sie nicht, keine Sorge«, sagte Eugen Kiekbusch.

Stella musterte ihn kritisch.

»Ich gebe Ihnen mein Wort.« Der Arzt sah sie eindringlich an.

»Na gut, ich hole sie. Setzen Sie sich doch.« Stella wies auf die Eckbank.

Bevor sie ins Wohnzimmer ging, schaltete sie noch schnell den Herd aus, in dem die Bratäpfel schmorten. Wie verführerisch sie dufteten! Stella hoffte bloß, dass die Offenbarungen der Kiekbuschs ihnen nicht den Appetit verderben würden.

»Hilde, magst du kurz in die Küche kommen? Die Herren Kiekbusch möchten dir etwas mitteilen.« Stella reichte Hilde den Arm, um ihr beim Aufstehen zu helfen.

»Na, wenn das mal keine schlechten Neuigkeiten sind«, sagte Hilde mit unheilvollem Gesicht. »Und das ausgerechnet vor Weihnachten.«

In der Küche saßen die Brüder Kiekbusch am Tisch wie Schüler, die auf den Direktor warteten. Ingmar mit trotzig zusammengepressten Lippen, Eugen mit einem diensteifrigen Lächeln. Als er Hilde sah, sprang er auf und reichte ihr die Hand.

»Guten Tag, meine Liebe. Wie geht es uns heute?«

»Keine Ahnung, wie es Ihnen geht, Herr Doktor. Mir ging es bis zu Ihrem Erscheinen blendend. Und ich hoffe sehr, dass das auch so bleibt.«

»Natürlich, natürlich. Wir stören nicht lange. Aber es gibt wichtige Neuigkeiten, die wir gerne persönlich überbringen wollen.«

»Lass doch dieses Getue«, fauchte Ingmar seinen Bruder an. »Das Haus wird verkauft. Das ist alles.«

»Mein Haus?«, fragte Hilde.

»Genau genommen ist es unser Haus«, sagte Ingmar.

»Aber ich habe einen Mietvertrag auf Lebenszeit.« Hilde sank auf einen Stuhl und wirkte plötzlich ganz klein.

»Beruhigen Sie sich, meine Liebe.« Eugen Kiekbusch legte ihr versöhnlich die Hand auf den Arm. »Sie können hier wohnen bleiben. Der Käufer hat nicht vor, in das Haus einzuziehen.«

»Was? Wieso?«, fragte Hilde verwirrt. »Wer kauft denn ein Haus, wenn er nicht darin wohnen will?«

Ich lächelte in mich hinein. Prinzen im Märchen taten das. Und Titus.

»Ein, äh, Investor«, sagte Eugen.

»Jemand, der auf mein baldiges Ableben spekuliert«, sagte Hilde kraftlos.

»Nein, nein. So ist das nicht«, beeilte sich Eugen Kiekbusch zu sagen. »Er sieht das Haus einfach nur als Renditeobjekt. Sie zahlen ja Miete.«

»Die er mir wahrscheinlich saftig erhöhen wird«, sagte Hilde.

»Nein, auch das wird nicht passieren. Wir haben die Verträge noch nicht unterschrieben, aber bereits darüber gesprochen. Es bleibt alles beim Alten«, sagte Eugen Kiekbusch.

»Nun gut, dann ist jetzt ja alles geklärt«, sagte Ingmar Kiekbusch und sprang auf.

Anscheinend hatte er es eilig, von hier wegzukommen, doch sein Bruder hielt ihn zurück.

»Setz dich, Ingmar«, sagte Eugen in einem Ton, der keinen Widerspruch duldete.

Ingmar Kiekbusch tat, wie ihm geheißen, allerdings mit verdrießlichem Gesicht.

»Ich habe noch etwas auf dem Herzen«, sagte Eugen Kiekbusch.

Herz? So etwas besitzt du?, dachte Stella, schwieg aber und presste die Lippen zusammen.

Sie wollte hören, was der Mann zu sagen hatte, und ihn nicht durch einen beleidigenden Kommentar vom Reden abhalten.

»Ich möchte mich in aller Form bei Ihnen entschuldigen, Frau Linnenbürger. Es tut mir leid, dass …«

»Eugen, ich denke, wir haben die Zeit der beiden Damen jetzt genug in Anspruch genommen«, fiel Ingmar seinem Bruder ins Wort.

Er wirkte regelrecht panisch dabei und sprang hektisch auf.

Da hat jemand mächtig Angst, dass die Wahrheit ans Licht kommt, dachte Stella.

»Setz dich«, zischte Eugen. Er warf seinem Bruder einen vernichtenden Blick zu.

»Was tut Ihnen denn leid?«, unterbrach Hilde den Hahnenkampf der Männer.

Eugen senkte den Blick und starrte auf seine Hände. Er schien ehrlich bedrückt zu sein. Gerade, als er zu sprechen beginnen wollte, stand Hilde auf und stemmte die Hände in die Hüften. Sie wirkte plötzlich um Jahre jünger und strahlte eine Energie aus, die Stella nicht für möglich gehalten hätte.

»Ach, sagen Sie nichts. Ich weiß, was Ihnen angeblich leidtut: Dass Sie mich mit diesen nichtsnutzigen Aufbauspritzen traktiert haben, die mir mehr geschadet als genutzt haben. Was wollten Sie damit erreichen? Mich ins Pflegeheim spritzen? Oder gleich ins Grab?«

»Frau Linnenbürger, so etwas dürfen Sie gar nicht erst denken. Ich entschuldige mich in aller Form«, sagte Eugen, aber seine Worte klangen schal.

»Sparen Sie sich Ihre scheinheilige Entschuldigung. Ich bin alt, aber weder dumm noch senil. Glauben die werten Brüder Kiekbusch denn ernsthaft, dass ich mir keinen Reim darauf machen kann, wenn hier plötzlich mitten im Winter die Renovierungsarbeiten starten? Sie haben sich jahrelang nicht für den Garten und die Fensterläden interessiert. Und was sollten Sie mit Fotos wollen? Ins Poesiealbum kleben? Nein, nein, meine Herren. Ich kann eins und eins zusammenzählen. Sie wollten mich loswerden. Und ich muss wohl dem Schicksal danken, dass Ihnen das nicht gelungen ist. Dem Schicksal und Stella.« Hilde schenkte Stella ein Lächeln und drückte ihre Hand. »So, und jetzt darf ich Sie bitten, zu gehen. Ich hoffe, wir sehen uns nie wieder.«

Stella war sprachlos.

Hilde hatte die Brüder Kiekbusch souverän abgefertigt. Sie selbst hatte seit Tagen damit gerungen, wie denn nun mit der Situation umzugehen sei. Aber nun musste sie zugeben, dass sie Hilde unterschätzt hatte. Die alte Dame besaß feine Antennen – und hatte des Öfteren anscheinend doch nicht so tief geschlafen, wie Stella angenommen hatte. Sie musste das ein oder andere Gespräch belauscht haben – und hatte darüber bis heute Stillschweigen bewahrt.

»Ach, Hilde.« Kaum waren sie allein, griff Stella nach ihrer Hand. »Du musst dich schrecklich gefühlt haben. Warum hast du denn nicht gesagt, dass du Bescheid weißt?«

»Was hätte es denn gebracht?« Hilde schüttelte lächelnd den Kopf. »Dass du da warst, das hat mir Mut gemacht. Du hast dich für mich eingesetzt wie eine Löwenmutter. Ich wusste, dass du für mich kämpfen würdest.«

»Und was machen wir jetzt?«, fragte Stella.

»Jetzt essen wir endlich diese leckeren Bratäpfel, die so herrlich duften.«

40

Abends, als Luisa im Bett lag, saßen Hilde und Stella beim Schein des funkelnden Weihnachtsbaums im Wohnzimmer. Hilde wirkte ruhig und gelassen, doch in Stella brodelte es.

»Du denkst wirklich, dass Eugen und Ingmar einfach davonkommen sollen? Ich finde, du solltest Anzeige erstatten.«

Stella hatte Hilde die ganze Geschichte erzählt. Zwar hatte sich die alte Frau die groben Eckpunkte selbst zusammenreimen können, aber die Details hatte sie natürlich nicht gekannt.

»Die beiden sind gestraft genug«, sagte Hilde. »Sie haben ihr ganzes Geld und ihren Besitz verloren. Letztendlich hat Eugens Gewissen gesiegt. Er ist auf die Forderung seines Bruders, mich ins Jenseits zu befördern, nur scheinbar eingegangen. Im Grunde hat er mir nicht geschadet. Das Beruhigungsmittel hat mich ein wenig müde gemacht. Mehr nicht. Aber nur so konnte er Ingmar vorgaukeln, dass er mir ein Gift verabreicht. Ich will Eugen Kiekbuschs Verhalten nicht gutheißen, doch wenn man seine Perspektive einnimmt, hat er es zu meinem Schutz getan.«

»Aber …«

»Stella, bitte. Ich verstehe deine Wut und ich bin dir sehr dankbar, dass du Gerechtigkeit für mich erstreiten willst. Aber ich bin alt. Ich möchte die Zeit, die mir noch bleibt, in Frieden verbringen. Nicht mit Verhören und Gerichtsverhandlungen. Kannst du das nachvollziehen?«

»Ja, natürlich. Ich kann Ungerechtigkeit nur auf den Tod nicht ausstehen.«

»Zum Glück ist doch alles gut ausgegangen. Dank dir. Und Titus. Ich wusste von Anfang an, dass er ein guter Kerl ist.«

»Er ist vor allem ein abwesender Kerl«, sagte Stella und aktivierte das Handydisplay.

Nichts. Keine Nachricht, kein Anruf.

»Ich mache mir Sorgen«, gestand sie. »Es passt gar nicht zu ihm, dass er sich nicht meldet. Was, wenn ihm bei dem Unwetter in Kalifornien etwas zugestoßen ist?«

»Glaube ich nicht. Bestimmt ist er längst auf dem Weg nach Deutschland.«

»Aber die Flüge wurden doch storniert.«

»Er wird eine Möglichkeit finden, da bin ich mir sicher.«

»Ach, Hilde. Das hier ist das echte Leben und nicht einer deiner Liebesromane.«

»Mag sein. Aber es ist Weihnachten. Und an Weihnachten geschehen Wunder.«

»Mama, ich kann nicht schlafen«, ertönte plötzlich

Luisas Stimme. Ganz klein und verlassen stand sie in ihrem Einhornschlafanzug in der Tür.

»Was ist denn, mein Liebling?«

»Ich bin so aufgeregt.« Luisa tappte zu ihrer Mutter und kletterte auf ihren Schoß.

»Aufgeregt? Aber wieso denn? Steht denn irgendein besonderes Ereignis bevor?« Stella zwinkerte Hilde schmunzelnd zu.

»Morgen ist Weihnachten!«, sagte Luisa entrüstet. »Und ich frage mich die ganze Zeit, wie das Christkind ins Haus kommen soll.«

»Das Christkind?«, tat Stella überrascht. »Warum sollte es zu uns ins Haus kommen?«

»Um die Geschenke zu bringen.« Luisa verdrehte die Augen. Manchmal war ihre Mutter wirklich schwer von Begriff.

»Geschenke? Ich dachte, nur liebe, brave Kinder bekommen Geschenke. Hilde, siehst du hier irgendwo ein liebes, braves Kind?«, fragte Stella.

»Hm, lass mich gucken.« Hilde sah sich auffällig im Zimmer um. »Nein, ich sehe nur ein kleines Einhorn, das nicht schlafen kann.«

»Gar nicht wahr«, sagte Luisa und zog einen Schmollmund.

»Du glaubst also, dass uns das Christkind morgen besuchen will?«, fragte Stella.

»Ja. Aber das geht nicht, wenn wir hier im Wohnzimmer essen. Denn dann würden wir es ja sehen, wenn es die Geschenke bringt«, sagte Luisa.

»Und was sollen wir dann machen?«, fragte Hilde.

»Wir müssen in der Küche essen. Dann hat das

Christkind genügend Zeit, alles unter den Baum zu legen«, erklärte Luisa.

»Das ist eine großartige Idee«, sagte Hilde. »Das machen wir.«

Luisa strahlte über das ganze Gesicht. Dann gähnte sie herzhaft.

»Na, kannst du jetzt schlafen, meine Kleine?«, fragte Stella.

»Ich glaube schon.«

Stella brachte ihre Tochter zurück ins Bett. Sie wollte gerade zu dem Buch mit den Gute-Nacht-Geschichten greifen, doch da war Luisa auch schon eingeschlafen.

»Kinder«, dachte Stella kopfschüttelnd und drückte ihrem Mädchen einen Kuss auf die Stirn. Dann ging sie wieder zu Hilde ins Wohnzimmer.

»Wir müssen morgen nicht in der Küche essen«, sagte Stella. »Ich will, dass du ein perfektes Weihnachtsfest erlebst. Hier im Wohnzimmer ist es viel feierlicher.«

»Aber dann kann das Christkind doch keine Geschenke bringen, wenn wir hier alle am Tisch sitzen.« Hilde kicherte.

»Bei uns zu Hause sind Wohn- und Esszimmer getrennt. Da hat es das Christkind leichter«, sagte Stella.

»Mir macht es nichts aus, wenn wir Heiligabend in der Küche essen. Sie ist wunderschön geschmückt. Und außerdem musst du dann das Essen nicht so weit tragen. Ist doch praktisch.«

»Danke. Aber du kannst dich morgen noch jederzeit umentscheiden, das weißt du.«

»Liebe Stella, ich habe es dir jetzt schon ein paar Mal gesagt: Ich war schon lange nicht mehr so glücklich wie in den vergangenen Wochen. Und das liegt allein an dir und Lulu. Ihr habt einen Weihnachtszauber ins Haus gebracht, den ich niemals für möglich gehalten hätte. Wenn ich jetzt auf der Stelle tot umfallen würde, wäre ich nicht traurig, denn mein ganzes Herz ist voll von Freude und Festtagsstimmung.«

Stella spürte, wie ihr die Tränen in die Augen stiegen, doch sie zwinkerte tapfer gegen den Anflug von Rührseligkeit an.

»Nichts da!«, sagte sie resolut. »Sterben ist nicht. Dies wird nicht dein letztes Weihnachtsfest sein, das verspreche ich dir!«

41

Der Wind trieb tief hängende, dunkle Wolken über den Himmel. Stella konnte kaum das Meer sehen, als sie im Schlafzimmer aus dem Fenster schaute.

Wie schade. Sie hatte so gehofft, dass es die ganze Nacht weiterschneien und die Landschaft unter einer dicken Schneeschicht versinken würde. Aber gut, sie waren hier an der Küste und nicht in den Bergen. Es grenzte sowieso an ein Wunder, dass sie weiße Weihnachten erleben durften. Und die Wolken konnten schon bald Geschichte sein. Gegen Mittag klarte es oft auf.

Stella löste den Blick vom Fenster und griff nach ihrem Handy. Kein Lebenszeichen von Titus. Sie tippte eine Nachricht, doch wahrscheinlich war es sinnlos. Bisher hatte er keine einzige davon gelesen und auch auf ihre Anrufe nicht reagiert. Ratlos schlüpfte sie in ihre große Strickjacke und zog sie eng um ihren Körper, als fände sie darin Trost und Zuflucht.

Was war nur mit Titus geschehen? War ihm etwas

zugestoßen? Lag er verletzt in einem Krankenhaus? Oder noch schlimmer?

Stella biss sich auf die Lippen. Sie wagte es nicht, den Gedanken zu Ende zu denken.

Bitte, bitte nicht.

Sie ging hinüber in Luisas Zimmer und klopfte sachte an die Tür.

»Ich bin schon wach, Mama«, rief ihre Tochter.

Stella merkte, wie ihr Herz einen kleinen Sprung machte. Eine Welle von Liebe und Zuneigung durchflutete sie und sie freute sich darauf, Luisa in den Arm zu nehmen. Doch als sie die Tür öffnen wollte, ging es nicht. Das Türblatt bewegte sich nur einen Spalt, dann gab ein dumpfer Ton Stella zu verstehen, dass Luisa einen Stuhl davor platziert haben musste.

»Liebling, alles in Ordnung?«, fragte Stella. »Was machst du denn da drin?«

»Überraschung«, sagte Luisa. »Du musst leider draußen bleiben.«

»Aha. Dann willst du also keine heiße Schokolade zum Frühstück? Und das letzte Türchen von deinem Adventskalender willst du auch nicht aufmachen?«

»Ich komme gleich.«

Stella hörte Geraschel und Stiftegeklapper, dann wurde der Stuhl ein wenig zur Seite geschoben und Luisa quetschte sich durch den etwas größer gewordenen Spalt. Stella versuchte, einen Blick ins Zimmer zu werfen, aber Luisa zog hastig die Tür hinter sich zu.

»Können wir nach dem Frühstück einen Schneemann bauen?«, fragte Luisa.

»Wir können es versuchen«, sagte Stella. »Aber ich weiß weder, ob der Schnee reicht, noch, ob er hält.«

»Dann bauen wir nur einen ganz kleinen Schneemann«, sagte Luisa. »Aber eine Karottennase bekommt er trotzdem.«

In der Küche stürzte Luisa sofort zu ihrem Adventskalender, um das letzte Türchen aufzumachen. Stella schaltete das Radio an und setzte Kaffee auf, dann sah sie nach Hilde. Kurze Zeit später saßen sie zu dritt am Frühstückstisch.

»Wie möchtest du den Tag am liebsten verbringen?«, fragte Stella und schenkte Hilde Kaffee ein. »Willst du in die Kirche gehen?«

»Bloß nicht«, wehrte die alte Frau ab. »Da drinnen ist es eiskalt und die Bänke sind so hart, dass mir drei Tage lang die Knochen wehtun. Also, ich gehe als Erstes immer in den Garten und mache den Tieren kleine Geschenke. Den Vögeln, den Eichhörnchen und all den anderen Wesen, die sich da draußen herumtreiben. Willst du mir dabei helfen, Lulu?«

»Au ja. Hilfst du mir dann auch beim Schneemannbauen?«

»Lulu«, ermahnte Stella ihre Tochter, doch Hilde winkte ab.

»Natürlich helfe ich dir«, sagte Hilde. »Ich werde dem Schneemann eigenhändig einen Hut aufsetzen. Und ich habe irgendwo noch große, alte Knöpfe, die wir ihm an den Bauch stecken können.«

»Das wird ein schöner Schneemann«, sagte Luisa. »Aber wir brauchen auch noch einen Schal, damit er nicht friert.«

»Bestimmt finden wir etwas Passendes«, sagte Hilde. »Braucht er denn auch Schuhe?«

»Schuhe?« Luisa gluckste. »Er hat doch gar keine Füße.«

»Und wenn wir ihm trotzdem welche anziehen? Wir bauen nicht nur den schönsten, sondern auch den lustigsten Schneemann, den es jemals gegeben hat, was meinst du? Und dann machen wir ein Selfie mit ihm.«

Luisa stimmte begeistert zu. Stella freute sich, dass die beiden so einen Spaß miteinander hatten. Wenn sich jetzt noch Titus melden würde, wäre der Weihnachtszauber perfekt. Aber ihr Handy blieb stumm.

Als es an der Tür klingelte, sprang Stella sofort auf.

»Ich gehe schon«, rief sie überflüssigerweise.

Voller Hoffnung eilte sie zur Tür – und stand dem Postboten gegenüber. Das Fotobuch für Titus! Daran hatte sie gar nicht mehr gedacht. Dankend nahm sie das Geschenk entgegen und wünschte dem Briefträger ein frohes Fest.

»Ja, wo hast du denn Titus versteckt?« Hilde schaute sich neugierig um, als Stella sich wieder an den Küchentisch setzte.

»Das war die Post«, sagte Stella. »Das Fotobuch für Titus ist noch auf den letzten Drücker gekommen. Aber ich werde es nicht brauchen.«

»Doch, wirst du«, sagte Luisa.

»Ja, mag sein. Aber nicht heute Abend. Wollen wir es trotzdem gemeinsam durchblättern?«

»Unbedingt«, sagte Hilde. »Ich brauche nur meine Lesebrille.«

»Ich hole sie dir«, sagte Stella.

Gemeinsam blätterten sie das Buch durch. Es war wirklich hübsch geworden und zeigte das Schloss früher und heute aus vielen verschiedenen Blickwinkeln. Stella spürte, wie ihr plötzlich die Tränen in die Augen schossen.

All die magisch-schönen Augenblicke mit Titus zogen noch einmal an ihr vorbei. Das zaghafte Kennenlernen am Strand, die Faszination, die er trotz dieses unglaublich schäbigen Mantels vom ersten Moment an auf sie ausgeübt hatte.

Stella erinnerte sich daran, wie sie gemeinsam gekocht hatten, hier, in dieser Küche. Wie Hilde ihn ohne Hemmungen mit Fragen gelöchert hatte und scheibchenweise Einzelheiten über Titus' Leben herausgekommen waren.

Und dann die Einladung in sein Schloss. Seine Pläne, seine Ideen. Der erste Kuss.

Wie wohl sie sich in seiner Nähe gefühlt hatte! Vom ersten Moment an hatte eine tiefe Vertrautheit zwischen ihnen geherrscht, so, als wären sie sich nicht zufällig über den Weg gelaufen, sondern als hätte das Schicksal ihre Begegnung sorgfältig geplant.

Und nun? Was war nur mit ihm passiert? Wieder ploppten die düsteren Gedanken auf. Lag er schwer verletzt in irgendeinem Krankenhaus? Oder noch schlimmer? War er von den Fluten oder einem Erdrutsch mitgerissen worden?

»Mama, du weinst ja«, sagte Luisa.

Stella spürte die kleine Hand ihrer Tochter auf ihrem Arm.

»Ach, Lulu. Alles gut. Mir ist nur ein Staubkorn ins

Auge geflogen«, sagte Stella und kramte ungelenk nach einem Taschentuch.

Luisa schaute sie aus klugen Augen an.

»Du musst nicht traurig sein wegen Titus«, sagte sie. »Die Möwe hat mir erzählt, dass er noch heute kommen wird: Titus ist schon auf dem Weg, es wird nur ein bisschen spät«, erklärte Luisa.

Ganz so, als wäre es das Normalste der Welt, eine Möwe zu zitieren.

42

Stella wusste nicht so recht, was sie von Luisas Worten halten sollte. Eine sprechende Möwe! Aber auch wenn es ihr irrational erschien, musste sie ihrer Tochter recht geben: Bisher hatte die Möwe tatsächlich noch keine Unwahrheiten verbreitet, sondern ihre Botschaften hatten immer ins Schwarze getroffen.

Verrückt, dachte Stella.

Sie suchte Trost in den Weissagungen eines Vogels, der nur mit ihrer Tochter sprach.

Den nur ihre Tochter hören konnte.

Oder von dem ihre Tochter *meinte*, dass sie ihn hören konnte. All die Sinnsprüche, die das Tier bisher – angeblich – losgelassen hatte, zogen durch Stellas Gedanken.

Siebenthaler drei Mal Gutes, ein Leben lang voll frohen Mutes.

Titus ist ein guter Mann, zieht Stella schnell in seinen Bann.

Ingmar böse, Eugen auch, wollen beide schnell das Haus.

Titus ist schon auf dem Weg, es wird nur ein bisschen spät.

Spruch eins hatte sie am Anfang am wenigsten verstanden, aber mittlerweile war ihr klar, was damit gemeint war. Titus war ein Nachkomme von Notker Siebenthaler. Sie hatte Titus drei Mal Gutes getan, ohne etwas dafür zu verlangen. Ohne zu wissen, wer Titus überhaupt war. Damit hatte sie das Herz des reichen Mannes erobert und sah nun einem sorgenfreien Leben an Titus' Seite entgegen, wenn es nach der Möwe ging.

Denn diese war anscheinend überzeugt davon, dass Stella und Titus zusammengehörten, wenn man ihrem zweiten Spruch Glauben schenken durfte. Was Stella nur allzu verlockend fand.

Auch das Verhalten der Brüder Kiekbusch hatte die Möwe richtig interpretiert. Warum also sollte sie mit ihrer Einschätzung falschliegen, dass Titus bereits auf dem Weg war?

Stella wischte sich die Tränen aus den Augen und schenkte Luisa ein strahlendes Lächeln.

»Danke, meine Süße, dass du mir das ausgerichtet hast. Jetzt geht es mir gleich viel besser.«

»Sie hat eine überbordende Fantasie«, sagte Hilde, als sie wenig später alle gemeinsam im Garten hantierten, um die Tiere zu füttern.

Luisa stand auf einem Klapptritt und füllte einen riesigen Berg Sonnenblumenkerne und Erdnüsse ins Vogelhaus. Dabei erzählte sie ihren gefiederten Freunden eine wilde Geschichte über Weihnachten, in denen vor allem ein rosarotes Einhorn eine tragende Rolle spielte.

»Ich weiß«, sagte ich seufzend.

»Es wird zu ihrem Vorteil sein«, sagte Hilde überzeugt. »Fantasie ist eines der wichtigsten Werkzeuge, das wir auf dieser Welt besitzen.«

»Ich hoffe, ihre zukünftigen Lehrer werden das auch so sehen«, sagte Stella lachend.

»Hm, da könnte es durchaus zu der ein oder anderen interessanten Diskussion kommen«, schloss Hilde nicht aus.

Sie hatten gerade das Eichhörnchenhaus befüllt und machten sich nun daran, Meisenknödel an die mit Schnee bedeckten Äste zu binden.

Trotz der dunklen Wolken am Himmel sah der Garten einfach zauberhaft aus. Funkelnde Lichter und blitzende Christbaumkugeln, wohin man auch blickte. Die Mühe hatte sich wirklich gelohnt.

Hilde schien Stellas Gedanken zu erraten. »Es ist herrlich. Ein richtiges Winterwunderweihnachtsmärchen.«

»Mama, können wir jetzt den Schneemann bauen?« Luisa kam angerannt, mit roten Wangen und glänzenden Augen.

»Klar. Aber was hältst du davon, wenn wir ihn vor dem Haus bauen? Da kann ihn jeder sehen. Und dort ist jede Menge Schnee, den ich vom Gartenweg geschippt habe.«

»Au ja, der Schneemann bewacht unser Haus. Ich fang schon mal an.« Luisa flitzte los.

»Komm, ich bring dich rein«, sagte Stella zu Hilde.

»Du kannst dem Meisterwerk dann mit Hut, Knöpfen und Karottennase den letzten Schliff geben.«

»Ja, du hast recht. Ich würde euch gerne zur Hand gehen, aber ein bisschen Erholung schadet mir nicht. Schließlich haben wir heute noch einiges vor.«

»Willst du dich ins Wohnzimmer setzen?«, fragte Stella.

»Nein, in die Küche. Dann kann ich euch zusehen. Und auf die Kartoffeln aufpassen. Wir sollten sie aufsetzen. Je länger der Kartoffelsalat durchzieht, desto besser.«

»Ach herrje, der Kartoffelsalat!« Stella fasste sich an die Stirn. »Den habe ich ganz vergessen.«

»Macht doch nichts. Ich kann mir denken, dass dir im Moment ganz andere Sachen durch den Kopf gehen. Aber du hast Luisa ja gehört: Titus ist schon auf dem Weg, es wird nur ein bisschen spät.« Hilde zwinkerte Stella zu.

»Ich hoffe, die Möwe hat recht«, sagte Stella. Sie holte Kartoffeln aus der Speisekammer und setzte sie auf den Herd. »Und ich kann dich wirklich damit alleine lassen?«

»Das ist nur ein Topf mit Kartoffeln. Keine Atombombe«, sagte Hilde.

»Ich komme zum Abgießen wieder herein«, sagte Stella.

»Ja, ja. Wenn die Küche bis dahin nicht explodiert ist.« Hilde lachte.

Stella marschierte in den Vorgarten, wo Luisa bereits eifrig dabei war, eine große Schneekugel zu rollen.

»Warte, ich helfe dir«, sagte Stella.

Mit vereinten Kräften stellten sie das Unterteil des Schneemanns fertig. Nun wurde es allerdings schon schwieriger, weil die dünne Schneeschicht im Vorgarten schon fast aufgebracht war.

»Wir müssen den geschippten Schnee nehmen«, sagte Stella und deutete auf den Haufen neben der Gartenpforte.

Das war gar nicht so leicht, weil der Schnee nicht locker, sondern über Nacht ein wenig eisig und klumpig geworden war. Aber mit genug Willenskraft und Humor schafften sie es, eine zweite und eine dritte Kugel zu formen. Stella zog sich schnaufend die Mütze vom Kopf, als sie die Kugeln aufeinander gewuchtet hatte. Es fühlte sich an, als würde ihr Kopf dampfen und rauchen.

»Hihi, du bist ganz rot im Gesicht, Mama. Wie eine Tomate. Eine Tomamamate.«

Luisa kugelte sich lachend im Schnee. Stella machte mit und kostete es aus, mal wieder richtig albern zu sein. Wie herrlich leicht sich das Leben anfühlen konnte! Und wie toll es war, beim Schneemannbauen von Meeresrauschen und Möwenrufen begleitet zu werden. Stella schloss für ein paar Sekunden die Augen und genoss einfach nur den Moment. Dann dachte sie an die Kartoffeln und sprang auf.

»Bin gleich zurück«, sagte sie zu Luisa und rannte ins Haus.

Hilde schickte sich gerade an, die Kartoffeln vom Herd zu nehmen.

»Ich mach das«, sagte Stella. Behutsam nahm sie Hilde den schweren Topf aus der Hand.

»Du bist ja tropfnass«, sagte Hilde. »Und euer Gekicher hat man bis hinüber nach Dänemark gehört.«

»Ich habe ganz vergessen, wie viel Spaß es macht,

einen Schneemann zu bauen«, sagte Stella und schüttete die Kartoffeln in ein Sieb im Spülbecken.

»Weil du immer nur an andere denkst«, sagte Hilde. »Es ist aber keine Sünde, wenn man ab und zu alle fünf gerade sein lässt. Das hält jung.«

»Bist du dir sicher? Ich spüre jetzt schon, wie ein grausamer Muskelkater Besitz von meinem ganzen Körper ergreift. Wahrscheinlich musst du mir morgen deinen Rollstuhl leihen.«

»Keine Sorge, meine Liebe. Das wird nicht nötig sein. Ich bin überzeugt davon, dass Titus dich liebend gern auf Händen tragen wird.«

43

»So, und jetzt bitte alle einmal lächeln.« Stella streckte den Arm von sich und schoss ein Selfie mit Hilde, Luisa und dem Schneemann.

»Ein schönes Foto«, sagte Hilde zufrieden, nachdem sie einen Blick auf das Display geworfen hatte. »Unser Schneemann macht wirklich was her.«

Stella konnte nur zustimmen. Es handelte sich um ein Prachtexemplar mit schickem Hut, Ohren aus abgebrochenen Tassenhenkeln, einem knallroten Schal und natürlich einer prächtigen Karottennase. Dazu trug er alte karierte Pantoffeln, die vorne ein Loch hatten, in das Luisa eine Kartoffel gesteckt hatte.

Während Hilde und Luisa herumalberten, bastelte Stella schnell einen Weihnachtsgruß aus dem Bild und schickte eine Nachricht an ihre Nachbarn Heidemarie und Lothar mit dem Hinweis, dass sie später noch anrufen würde. Gerade, als sie das Handy zurück in die Tasche stecken wollte, klingelte es.

»Titus, endlich«, dachte Stella erleichtert.

Doch es war Lilo, vom Café am Marktplatz.

»Wir versinken hier in Bergen von Plätzchen, Lebkuchen und Stollen. Habt ihr nicht Lust, vorbeizukommen?«, fragte Lilo. »Wir haben noch bis sechzehn Uhr geöffnet. Eva und Luisa könnten sich als Weihnachtselfen verkleiden und kleine Geschenke an die Kunden verteilen. Na, was meinst du?«

»Das klingt toll. Ich werde Hilde gleich fragen, was sie davon hält. Bei Luisa ist das unnötig. Sie wird begeistert sein.«

»Ich würde mich freuen, wenn es klappt. Kommt einfach vorbei. Oh, ich muss auflegen, Steffen braucht meine Hilfe. Bis später.«

»Wer war das, Mama?«, fragte Luisa.

»Du bist ganz schön neugierig«, sagte Stella.

»Du hast ja auch von mir geredet«, sagte Luisa selbstbewusst.

»Kommt, wir gehen rein. Ich muss den Kartoffelsalat machen. Dann reden wir darüber.«

Hilde hakte sich bei Stella unter, Luisa hopste voraus. Es dauerte ein wenig, bis sich alle aus ihren Winterklamotten geschält hatten, aber schließlich saßen sie am Küchentisch. Vor sich jeder eine dampfende Tasse Tee, in der Mitte die große Schüssel mit den Kartoffeln, die darauf warteten, gepellt zu werden. Alle halfen zusammen, wobei Luisa anstatt eines Messers einfach nur ihre Finger benutzte, um die Schale abzupulen.

»Das war Lilo«, erklärte Stella. »Sie hat uns ins Café am Marktplatz eingeladen.«

»Au ja!« Luisa warf eine halb gepellte Kartoffel zu den fertig gepellten und sprang auf. »Wann fahren wir?«

»Langsam, mein Schatz. Hilde soll entscheiden, ob sie Lust dazu hat. Und erst müssen wir noch den Kartoffelsalat fertigmachen.« Stella angelte die halb geschälte Kartoffel aus der Schüssel und drückte sie ihrer Tochter wieder in die Hand.

Luisa setzte sich seufzend an den Tisch und machte ein enttäuschtes Gesicht, während sie die restliche Haut von der Kartoffel pfriemelte.

»Für ein Stündchen können wir gerne ins Café fahren«, sagte Hilde. »Das wird bestimmt lustig.«

Gesagt, getan. Nachdem der Kartoffelsalat fertig war und sich alle in Schale geschmissen hatten, startete Stella nach einigen vergeblichen Versuchen den Motor ihres kleinen Autos. Bevor sie losfuhren, sprang sie jedoch noch einmal vom Fahrersitz, kritzelte hastig ein »Sind im Café am Marktplatz« auf einen Zettel und befestigte ihn an der Haustür. Für Titus. Er könnte sie zwar einfach anrufen, aber sicher war sicher.

Nun konnte es endlich losgehen und die zwei Frauen samt Kind tuckerten gut gelaunt in die Stadt. Aus dem Radio dudelten die immer gleichen Weihnachtslieder, die Häuser blinkten und funkelten aufwendig geschmückt um die Wette und die Leute strömten geschäftig in die Läden, um letzte Besorgungen zu erledigen.

»Vor der Besinnlichkeit kommt das Einkaufen«, sagte Hilde lachend und deutete auf den bis zur letzten Lücke gefüllten Parkplatz des Supermarktes.

»Und nach der Besinnlichkeit kommt die Diät«, sagte Stella und lachte ebenfalls.

»So muss es sein. Schließlich ist Weihnachten«, sagte Hilde.

Auch auf dem Marktplatz herrschte reges Treiben, obwohl der Weihnachtsmarkt nicht mehr geöffnet hatte. Doch die meisten Läden schon, und einige Leute schienen die Chance zu nutzen, um noch auf den letzten Drücker das ein oder andere Weihnachtsgeschenk zu besorgen.

Stella hatte Glück und konnte einen Parkplatz nicht weit entfernt vom Café ergattern. Sie half Luisa und Hilde aus dem Auto, holte die Geschenke für Lilo, Steffen und Eva aus dem Kofferraum und sperrte ab. Schnell warf sie noch einen Blick auf ihr Handy, aber Titus hatte sich nicht gemeldet.

Vielleicht war sein Handy kaputt?

Na ja, es hängt ein Zettel an der Tür, dachte Stella.

Sollte Titus überraschend auftauchen und nach ihnen suchen, wusste er, wo er sie finden konnte.

Luisa, die schon die ganze Zeit ungeduldig mit den Füßen gescharrt hatte, quengelte. »Gehen wir jetzt endlich ins Café?«

»Ja, ja, du kleiner Quälgeist.« Stella hängte sich die Tasche um, nahm Luisa an der Hand und reichte Hilde den anderen Arm als Stütze.

Die drei marschierten los. Plötzlich verdunkelte sich der Himmel. Nein, er verdunkelte sich nicht, er wurde regelrecht schwarz. Dazu brach ein Höllenlärm los.

Krah, krah, krah.

Es mussten Tausende Raben und Krähen sein, die über die Stadt zogen und laut ihren Unmut kundgaben.

Luisa, die vorher noch energisch an Stellas Hand

gezerrt hatte, machte sich nun ganz klein und drückte sich erschrocken an ihre Mutter. Auch die Leute um sie herum blieben verwundert stehen und starrten zu den Vögeln empor.

»Also, so was«, stammelte Hilde. »Das habe ich in zweiundneunzig Jahren noch nicht gesehen.«

Nun gingen sogar die Türen der Läden und des Cafés auf und die Leute drängten heraus. Allen voran Lilo, die ungläubig den Blick zum Himmel richtete. Andere zückten ihre Handys, schossen Fotos und filmten das Spektakel.

Krah, krah, krah.

Der Lärm war ohrenbetäubend, nicht einmal die Weihnachtslieder aus den Lautsprechern kamen dagegen an.

Und dann war der Spuk ganz plötzlich vorüber, so schnell, wie er gekommen war. Die Vögel waren weitergezogen. Ihr Gekrächze und Gekreische verhallte in der Ferne, die Schwärze, die sich über die Stadt gelegt hatte wie ein dunkler Schleier, lichtete sich. Nein, mehr als das, eine strahlende Wintersonne trat an die Stelle der Dunkelheit und tauchte den Marktplatz in gleißendes Licht. Die Wolkendecke war aufgerissen und es sah aus, als würde jemand pures Gold vom Himmel schütten und die Stadt mit all ihren Bauwerken damit überziehen.

Wieder wurde fleißig fotografiert und gefilmt, doch Stella genoss das Schauspiel lieber mit ihren eigenen Augen, anstatt durch die Linse ihrer Handykamera.

Sie fühlte, wie ihr ganz warm ums Herz wurde, wie sie da stand, Arm in Arm mit Luisa und Hilde.

Dieses Naturwunder konnte nur ein gutes Omen sein, dachte sie. Das Böse hatte Platz für das Gute gemacht.

Ja, der Gedanke gefiel ihr.

44

Im Café am Marktplatz herrschte nach dem Spektakel natürlich große Aufregung. Die Leute wollten sich über das Gesehene austauschen, am liebsten bei einem heißen Getränk. So platzte der Gastraum aus allen Nähten und Lilo kam mit der Arbeit gar nicht mehr hinterher.

Einer der Gäste, ein pensionierter Lehrer, baute sich sogar mitten im Café auf und zitierte lautstark Friedrich Nietzsches Gedicht »Vereinsamt«. Mit morbider Sensationslust hingen die Gäste an seinen Lippen, bis er den letzten Vers von sich gegeben hatte.

»Die Krähen schrein, und ziehen schwirren Flugs zur Stadt: bald wird es schneien, – weh dem, der keine Heimat hat.« Die Leute klatschten, der Lehrer deutete eine leichte Verbeugung an.

Alle gingen wieder zu ihren Plätzen und machten Lilo Platz. Sie hatte mit einem vollen Tablett gewartet und eilte nun schnell zu den Tischen, um Kaffee oder Glühwein zu servieren.

»Es tut mir leid«, sagte sie zu Stella. »Bis gerade eben

war es ganz gemütlich hier. Und nun das! Ich komme mir vor wie in einer Zirkusmanege.« Sie pustete sich eine Haarsträhne aus der Stirn.

»Macht doch nichts. Sieh nur, Hilde und Luisa amüsieren sich bestens. Und ich gehe dir ein wenig zur Hand, bis es wieder ruhiger wird. Steffen kann hinter dem Tresen nicht weg, er kommt ja kaum mit dem Einschenken hinterher.«

»Stella, ich bitte dich. Du bist mein Gast, nicht meine Angestellte.«

»Ich bin vor allem deine Freundin. Und Freunde helfen sich, wenn Not am Mann ist. Also, wo ist meine Schürze?«

Die nächste halbe Stunde wuselten Stella und Lilo zwischen den Gästen umher, servierten Getränke und Kuchen, räumten ab und wischten Tische sauber. Dann wurde es auch schon ruhiger. Die Aufregung der Leute hatte sich gelegt, die Tassen waren ausgetrunken, die Krümel von den Tellern gekratzt. Nun erinnerten sich die Menschen daran, warum sie eigentlich in die Stadt gekommen waren: um letzte Weihnachtseinkäufe zu erledigen.

So schnell, wie sich das Café am Marktplatz gefüllt hatte, leerte es sich auch wieder und zurück blieben nur ein paar wenige Gäste, die in die Lektüre von Zeitschriften vertieft waren oder versonnen aus dem Fenster schauten. Lilo vergewisserte sich, dass alle bestens versorgt waren, dann setzte sie sich zu Stella und Hilde. Luisa war inzwischen mit Eva verschwunden, um sich als Weihnachtselfe zu verkleiden.

»Puh, was war denn das für ein Weihnachtsgästewirbelsturm?« Lilo schnaufte. »So einen Andrang hatten wir ja nicht einmal an den Adventssonntagen.«

»Eher ein Vogelsturm«, sagte Stella. »Ich glaube, ich habe noch nie so viele Krähen und Raben auf einmal gesehen.«

Hilde wollte gerade etwas dazu sagen, da stürmte eine etwa fünfzigjährige Frau an den Tisch. Offensichtlich war sie gelaufen, denn sie war ganz außer Atem und ihre Wangen glänzten rötlich.

»Das glaubst du nicht, Lilo!«, stieß die Frau hervor.

»Setz dich doch erst einmal, Trude. Möchtest du etwas trinken?«, fragte Lilo.

»Später.« Trude machte eine ungeduldige Handbewegung, besann sich dann aber offensichtlich den elementarsten Höflichkeitsformen, nahm die Mütze vom Kopf, nickte und ließ ein knappes »Hallo zusammen« verlauten.

Lilo stellte Stella und Hilde kurz vor, doch es war Trude anzusehen, dass ihr gerade nicht der Sinn nach einer Kennenlernrunde stand. Ihr brannte eine Neuigkeit unter den Nägeln, die sie unbedingt loswerden wollte.

»Was ist passiert?«, stellte Lilo schließlich die erlösende Frage und die Antwort schoss aus Trude heraus wie der Korken aus einer geschüttelten Sektflasche.

»Die Brüder Kiekbusch sind weg.«

Lilo runzelte die Stirn. »Wie? Weg?«

»Na, weg eben. Sie haben die Stadt verlassen.« Trude griff nach einem Plätzchen und steckte es sich genüsslich in den Mund.

»Du meinst, sie sind über die Feiertage verreist?« Lilo zog fragend die Augenbrauen in die Höhe.

»Oh, nein, meine Liebe. Die beiden sind nicht

verreist. Die haben das Weite gesucht.« Trude griff noch einmal in die Schale mit dem Gebäck.

»Wie kommst du denn darauf?« Lilo schüttelte ungläubig den Kopf.

»Na, weil mir der werte Ingmar einen Umschlag in die Hand gedrückt hat mit meinem Gehalt – und den Worten, dass ich mir eine neue Stelle suchen muss.«

»Aber die Praxis?«, sagte Lilo.

»Geschlossen. Hängt bereits ein Schild an der Tür.«

»Seltsam.« Nachdenklich steckte sich Lilo einen Zimtstern in den Mund.

»Und wann haben die beiden die Stadt verlassen?«, fragte Stella.

»Ist noch keine Stunde her. Als dieses Vogelchaos ausgebrochen ist. Also, wenn ihr mich fragt, müssen die beiden Dreck am Stecken haben«, sagte Trude. »Die sind aus der Stadt geflohen wie Verbrecher, ich sag's euch. Du brauchst nicht zufällig eine Putzfrau, Lilo? Ich hätte wieder Kapazitäten frei.«

»Doch, brauche ich. Mir wächst die Arbeit nämlich langsam aber sicher über den Kopf. Ich dachte, ich könnte alles allein stemmen, aber das war ein Irrglaube.«

»Na, dann. Bei den Kiekbuschs war ich immer dienstags und freitags. Aber ich kann Zeiten mit anderen Kunden tauschen, wenn dir die Tage nicht passen. Wir finden bestimmt eine Lösung.« Trude stand auf.

»Ich rufe dich an«, sagte Lilo. »Danke, dass du gekommen bist.«

»Na, wenn es schon mal Neuigkeiten in unserem verschlafenen Städtchen gibt, muss man sie unter die Leute bringen, oder?« Trude zwinkerte und griff noch einmal in die Plätzchenschale, dann wandte sie sich zum Gehen.

In diesem Moment schwebten Eva und Luisa in ihren Elfenkostümen an den Tisch. In den Händen hielten sie jeweils einen Korb mit kleinen Geschenken, die sie an die Gäste verteilten.

»Frohe Weihnachten, liebe Trude«, sagte Eva und reichte ihr ein Päckchen.

»Oh, das ist aber lieb von dir, Eva! Dankeschön. Ich wünsche euch auch allen ein frohes Fest. Lilo, wir telefonieren.« Trude winkte in die Runde und verließ das Café.

Luisa und Eva gingen von Tisch zu Tisch und verteilten ihre Päckchen. Dabei hatten sie großen Spaß, weil wirklich alle Kunden total lieb und voller Freude auf sie reagierten. Am Schluss waren zwar die Körbe der Mädchen leer, aber ihre Augen leuchteten und sie strahlten wie Weihnachtsengel höchstpersönlich. Schließlich war es so weit, dass auch Stella ihre Geschenke aus der Tasche holte und Lilo und Steffen den Umschlag mit dem Gutschein für ein gemeinsames Essen überreichte. Für Eva hatte sie ein schönes Pferdebuch gekauft.

»Nur eine Kleinigkeit«, sagte Stella. »Aber sie kommt von Herzen und ich hoffe, wir sehen uns schon bald.«

»Oh, vielen Dank. Das wäre doch nicht nötig gewesen«, sagte Lilo.

»Es wäre auch nicht nötig gewesen, dass du uns eine Nachricht am Leuchtturm hinterlässt und uns in dein Café einlädst«, sagte Stella.

»Ich bin sehr froh, dass ich das gemacht habe. Es wäre schrecklich schade, wenn wir uns nicht kennengelernt hätten.« Die beiden Frauen umarmten sich.

Stella spürte, dass aus ihrem »Job« viel mehr geworden war als eine kurzfristige Beschäftigung. Sie hatte hier Menschen getroffen, die in wenigen Wochen zu Freunden geworden waren. Hilde war weit mehr als eine Patientin, die sie betreute. Mit ihr zusammenzuleben, fühlte sich wie Familie an.

Dazu Titus. Der Mann, der ihr Herz höherschlagen ließ.

Und nicht zu vergessen die wunderbare Natur. Das Meer, die Brandung, die endlose Weite des Horizonts. Luisas glänzende Augen, wenn sie am Strand tobte. Das Rauschen der Wellen, wenn Stella mit geschlossenen Augen in ihrem Bett lag.

Es war ein Geschenk, hier zu sein. Und dafür war sie unendlich dankbar.

45

Der Wind hatte aufgefrischt und blies heftig ums Haus. Die Kiefern bogen sich, Schnee rieselte knisternd von den Zweigen. Obwohl es erst kurz nach vier war, als Stella, Hilde und Luisa nach Hause kamen, brach bereits die Dämmerung herein. Der Laden vom Küchenfenster krachte lärmend gegen die Wand.

Tock. Tock, tock, tock.

Immer wieder.

»Herrje, die Halterung für den Haken ist aus der Wand gebrochen«, sagte Stella. »Wie konnte das denn passieren? Ingmar hat sich doch gerade erst darum gekümmert.«

»Der hat nur auf den schönen Schein geachtet«, sagte Hilde. »Für ernsthafte Reparaturen war doch gar kein Geld mehr da. Mach ihn einfach zu.«

»Aber dann können wir beim Essen gar nicht rausschauen«, sagte Stella.

»Ja, das stimmt. Aber das Geklapper wird uns auch den letzten Nerv rauben.«

»In der Tat.« Stella schloss den Fensterladen, dann ging sie zur Tür, um aufzusperren.

Die Nachricht, die sie vor der Abfahrt für Titus angebracht hatte, war unberührt, nichts deutete darauf hin, dass er hier gewesen war. Stella nahm den Zettel ab und knüllte ihn zusammen.

»Sei nicht traurig«, sagte Hilde. »Titus taucht bestimmt noch auf. Immerhin hat es die Möwe gesagt.«

Stella lachte, aber fröhlich klang es nicht. »Richtig. Und wenn es die Möwe sagt, dann kann es nur wahr sein.«

»So ist es.« Hilde klopfte ihr aufmunternd auf die Schulter. »Mach dir keine Sorgen. Titus geht es gut, das spüre ich.«

»Ich hoffe es.« Stella nahm Hilde die Jacke ab und hängte sie an die Garderobe. Dann half sie Luisa aus den Schuhen und schlüpfte schließlich selbst in ihre flauschigen Pantoffeln.

Auf dem Weg in die Küche machte sie die Wohnzimmertür zu.

»So, da darf jetzt keiner mehr rein. Damit das Christkind in Ruhe die Geschenke bringen kann.«

»Aber Mama, du musst erst die Terrassentür aufmachen. Wie soll denn das Christkind sonst reinkommen?«

»Lulu, es ist eiskalt draußen«, sagte Stella.

»Aber das Christkind kann die Geschenke nicht unter den Baum legen, wenn die Tür zu ist«, beharrte Luisa auf ihrem Standpunkt.

»Hier an der See kommt das Christkind immer durchs Fenster«, sagte Hilde. »Es reicht, wenn man es einen winzigen Spalt offenlässt.« Sie zwinkerte Stella zu.

»Na gut, dann mache ich später das Fenster auf«, sagte Stella.

»Nein, du musst es gleich aufmachen«, sagte Luisa. »Niemand weiß, wann das Christkind kommt.«

»Bestimmt nicht, wenn wir alle im Flur stehen und darauf warten«, sagte Stella.

Trotzdem ging sie ins Wohnzimmer und öffnete das Fenster. Sie wusste, dass Luisa sonst keine Ruhe geben würde.

»Und du musst die Kerzen am Christbaum anschalten«, sagte Luisa. »Sonst ist es zu dunkel.«

Auch dieser Bitte kam Stella nach. Luisa warf einen Blick ins Zimmer und nickte zufrieden.

»Kann ich in mein Zimmer gehen, Mama?«

»Natürlich. Ich hole dich, wenn das Essen fertig ist.« Stella strich ihrer Tochter über die Haare.

Luisa flitzte davon.

»So, und jetzt kümmern wir uns erst mal um dich.« Stella legte Hilde eine Hand auf die Schulter. »Willst du dich noch ein wenig hinlegen?«

»Ja, das wäre nicht verkehrt. Aber du musst mich rechtzeitig wecken. Nicht, dass ich das Essen und die Bescherung verschlafe.« Hilde schmunzelte.

»Keine Sorge. Niemand kann schlafen, wenn Luisa Geschenke auspackt.«

Nachdem sich Stella um Hilde gekümmert hatte, drapierte sie geschwind die Geschenke unter dem Weihnachtsbaum. Hübsch sah das aus! Sie überlegte gerade, ob sie das Fenster schließen sollte, da klingelte ihr Handy.

Titus!, dachte sie und eilte in die Küche.

Doch es waren ihre Nachbarn, die Pinkwarts.

Heidemarie und Lothar bedankten sich für das schöne Foto vom Schneemann und wünschten ein frohes Fest. Natürlich waren sie auch neugierig, wie es Stella und Luisa am Meer gefiel. Es wurde ein wenig geplaudert und Heidemarie ließ es sich nicht nehmen, den neuesten Klatsch aus der Nachbarschaft kundzutun.

Der Achtzehnjährige von gegenüber hatte Papas Auto zu Schrott gefahren, die Müllers drei Häuser weiter mussten Weihnachten bei den verhassten Schwiegereltern verbringen, weil ein Wasserrohrbruch für einen erheblichen Schaden in ihrem Zuhause gesorgt hatte und die Draschkes vom Anfang der Straße hatten ihre Katze einschläfern müssen, was so traumatisierend für sie gewesen war, dass sie sofort einen Flug nach Thailand gebucht hatten, weil sie auf keinen Fall heulend unter dem Weihnachtsbaum sitzen wollten.

»Aber bei euch im Haus ist alles in Ordnung«, sagte Heidemarie. »Sogar die Heizung funktioniert. Ihr könnt also jederzeit zurückkommen. Wir vermissen euch schon sehr.«

Stella schluckte. Die Worte ihrer Nachbarin rührten sie, aber in ihrer Brust schlugen zwei Herzen. Eins natürlich für die Heimat, aber das andere für diesen zauberhaften Ort am Meer, den sie am liebsten gar nicht mehr verlassen würde.

Nicht heute, dachte Stella.

Sie würde dieses Gespräch mit den Pinkwarts führen müssen, aber nicht an Heiligabend.

»Wir freuen uns auch darauf, euch wiederzusehen«, sagte Stella. »Und Luisa grüßt euch ganz lieb. Sie hat schon einige Bilder für euch gemalt.«

»Die kleine Künstlerin. Unser Päckchen für sie ist doch angekommen, oder?«, fragte Heidemarie.

»Liegt schon unterm Weihnachtsbaum«, sagte Stella. »Vielen Dank dafür.«

Nachdem Heidemarie noch ein wenig über das Essen und die kommenden Tage erzählt hatte, beendete Stella das Gespräch und warf einen Blick auf die Uhr.

Höchste Zeit, sich selbst endlich um den Tisch und das Essen zu kümmern. Sie holte die festliche weiße Tischdecke mit den goldenen Stickereien und das gute Geschirr aus der Vitrine und machte sich ans Eindecken. Obwohl in der Küche bereits überall Lichterketten leuchteten, durften auch ein paar echte Kerzen nicht fehlen. Dazu schöne Servietten, das schwere Silberbesteck und die edlen Kristallgläser.

Ja, der Tisch konnte sich sehen lassen. Eine wahre Augenweide. Stella überlegte, ob sie noch ein paar Tannenzweige aus dem Garten holen sollte, aber der Platz war schon reichlich knapp. Irgendwo mussten der Topf mit den Würstchen und die Schüssel mit dem Kartoffelsalat ja auch noch stehen.

Genug war genug. Sie rückte noch einmal die Kerzenständer zurecht und zupfte an einer Serviette, dann beschloss Stella, es gut sein zu lassen. So, wie es war, war es perfekt. Mehr als die Tischdeko zählte die gemeinsam verbrachte Zeit, das Gefühl der Zusammengehörigkeit.

Stella machte sich an die Vorbereitungen für das Abendessen. Sie überlegte, ob sie ein wenig Musik hören sollte, aber sie entschied sich dagegen. Sie wollte Hilde nicht wecken. Außerdem wollte sie sicher sein, die

Klingel zu hören, falls Titus vor der Tür stand. Also summte sie einfach alle Weihnachtslieder, die ihr in den Sinn kamen, vor sich hin, immer in der Hoffnung, von der Türklingel unterbrochen zu werden. Doch leider wurde Stellas Wunsch nicht erfüllt. Titus tauchte einfach nicht auf.

Irgendwann musste sie sich eingestehen, dass sie das Essen nicht länger hinauszögern konnte. Sie würde Hilde und Luisa zu Tisch bitten müssen, ohne dass Titus anwesend war.

Es fiel Stella schwer, nicht traurig zu sein. Noch schwerer fiel es ihr, die Horrorszenarien, die durch ihren Kopf wanderten, abzuwehren. Entschlossen straffte sie die Schultern.

Alles wird gut, sprach sie sich selbst Mut zu.

Schließlich war Heiligabend. Und Weihnachten war das Fest der Liebe, nicht der Katastrophen.

46

»Mama, können wir Rudolf, das kleine Rentier hören? Biiiiitttee«, bettelte Luisa.

»Hilde, stört dich die Musik beim Essen?«, fragte Stella.

»Nein, gar nicht«, sagte die alte Frau. »Danke, dass du alles so schön hergerichtet hast. Das Geschirr habe ich schon viel zu lange nicht mehr benutzt.«

»Ich dachte, heute wäre der perfekte Anlass dafür. Komm, setz dich.« Stella half Hilde an den Tisch.

Luisa war bereits auf die Bank gerutscht und schielte hungrig auf den Kartoffelsalat. Stella startete die Musik, dann wollte sie das Essen verteilen. Doch Luisa hob plötzlich die Hand.

»Ich habe ein Geschenk für euch.«

»Ein Geschenk? Aber es ist doch noch gar nicht Zeit für die Bescherung«, sagte Stella.

»Ihr bekommt es jetzt schon. Damit das Christkind sieht, dass hier sehr wohl ein liebes Kind wohnt.«

Typisch. Das hat sie sich natürlich wieder gemerkt, dachte Stella.

»Aha, und wo ist dein Geschenk?«, fragte Hilde.

»Da!« Luisa zog einen Stapel Blätter unter sich hervor.

»Und was ist das?«

»Das ist ein Bild. Ich habe ganz lange daran gemalt.« Luisa krabbelte von der Küchenbank und breitete ihr Meisterwerk am Boden aus.

Das Bild war mindestens zwei Meter lang. Luisa hatte die einzelnen Seiten mit Klebeband zusammengeklebt, etwas schief zwar, aber trotzdem eine beachtliche Leistung für eine Fünfjährige.

»Das ist ja ein richtiges Gemälde«, sagte Stella gerührt.

Sie stand auf, um die einzelnen Details des Kunstwerkes zu bewundern. Luisa hatte ihre gesamte Zeit am Meer in Bilder gefasst. Hilde beim Lesen im Sessel, das Haus, der Leuchtturm, Stella und Titus, Luisa und die Möwe, der Weihnachtsmarkt, Plätzchen, Bratäpfel, das Schloss – es war einfach unglaublich. Sie musste Wochen dafür gebraucht haben. Deswegen hatte Luisa heute Morgen einen Stuhl gegen die Zimmertür gestellt – damit niemand einen Blick darauf werfen konnte.

Stella spürte, wie ihre Augen feucht wurden, so überwältigt war sie. Hilde ging es ebenso.

»Großartig, Lulu. Wir werden es in den Gang hängen, dann sieht jeder, dass hier im Haus eine Künstlerin wohnt.« Die alte Frau drückte das kleine Mädchen an sich.

»Es reicht, wenn es das Christkind sieht«, sagte Luisa. »Sollen wir essen?«

Alle langten mit großem Appetit zu. Das Essen war zwar einfach, aber durch die feierliche Stimmung und den festlichen Rahmen trotzdem etwas ganz Besonderes. Hilde sah richtig glücklich aus, was Stella aufrichtig freute. Wenn jetzt noch Titus auftauchen würde, wäre der Abend perfekt.

»Ob das Christkind schon da war?«, fragte Luisa, kaum hatte sie den letzten Happen Kartoffelsalat verputzt.

»Ich habe noch nichts gehört«, sagte Stella.

»Aber das Christkind hört man doch nicht«, sagte Luisa. »Es ist ganz leise.«

»Aha.« Stella schmunzelte. »Das wusste ich nicht.«

»Ich glaube ja, dass das Christkind schon Anfang Dezember zu mir gekommen ist«, sagte Hilde.

»Wieso? Hast du Geschenke bekommen?«, fragte Luisa.

»Na, ihr zwei seid plötzlich im Haus gestanden. Das war das beste Geschenk überhaupt.« Hilde strahlte über das ganze Gesicht.

»Uns hat das Christkind hierhergeschickt? Stimmt das, Mama? Ich dachte, das wäre Lore gewesen.« Luisa wirkte verwirrt.

»Ähm, ja, die beiden arbeiten zusammen«, sagte Stella. Sie schob sich schnell eine Gabel mit Kartoffelsalat in den Mund, in der Hoffnung, damit weiteren Fragen zu entgehen. Doch da hatte sie die Neugier ihrer Tochter unterschätzt.

»Dann kennst du das Christkind?«, fragte Luisa mit großen Augen.

Stella stöhnte innerlich. Luisa hatte Fährte aufgenommen wie ein Bluthund.

»Nein. Das Christkind geht nicht zu Lore ins Büro«, sagte sie.

»Aber wie …«, wollte Luisa zu einer erneuten Frage ansetzen, da tat es einen Rumms.

»Herrje, ich habe das Fenster nicht zugemacht«, sagte Stella und sprang auf.

Sie wollte rasch ins Wohnzimmer hinüberlaufen. Bestimmt hatte der Wind das Fenster aufgedrückt und es stand jetzt sperrangelweit offen. Es würde eiskalt werden im Haus. Am Schluss holte sich Hilde noch eine Lungenentzündung. Das wäre eine schöne Bescherung!

»Nein!«, rief Luisa aufgebracht. »Du darfst das Christkind nicht stören!«

»Lulu hat recht«, sagte Hilde. »Am besten, wir essen noch ein Würstchen und gehen dann hinüber ins Wohnzimmer.« Sie zwinkerte Stella zu.

»In Ordnung, so machen wir es.« Stella verteilte einen kleinen Nachschlag auf den Tellern.

Rumms.

Nun gut, vielleicht war das Fenster jetzt von allein wieder zugefallen. Durchaus möglich, so wie der Wind gerade ums Haus pfiff.

»So, ich glaube, das Christkind ist jetzt fertig«, sagte Luisa.

Sie hatte ihren Teller in Windeseile leer gefuttert.

»Ach ja?« Stella musste lachen, als sie ihrer Tochter ins Gesicht schaute. An ihrer Nasenspitze klebte Kartoffelsalat. »Ich glaube, wir warten noch ein bisschen. Hilde hat noch gar nicht aufgegessen. Und du hast Kartoffelsalat im Gesicht.«

»Oh.« Luisa wollte sich mit dem Handrücken über die Nase wischen, aber Stella griff schnell nach der Serviette.

»So. Schon besser.«

Rumms.

Stella zuckte zusammen. Sie musste jetzt endlich das Fenster schließen, sonst ging noch die Scheibe kaputt.

»Ich glaube, das Christkind ist gerade gegangen. Ich schau mal nach, ob schon Geschenke unter dem Baum liegen.« Stella stand auf und ging zum Wohnzimmer.

Auf dem Flur hörte sie Luisas aufgeregtes Geplapper. Sie erzählte Hilde von ihrem größten Wunsch – einem eigenen Einhorn – aber dass sie zur Not auch mit einem Pony zufrieden wäre.

Sie wird sich über die Reitstunden freuen, dachte Stella, öffnete die Wohnzimmertür – und erschrak. Unter dem Weihnachtsbaum standen drei große Pakete, die sie definitiv nicht dorthin gestellt hatte. Und Hilde gewiss auch nicht.

Stellas Blick glitt zum Fenster, das weit offen stand. Die kalte Luft ließ sie frösteln. Nur die kalte Luft? Nein, da war auch ein Geräusch. Sie durchquerte mit großen Schritten den Raum, machte die Außenbeleuchtung an und beugte sich zaghaft aus dem Fenster. Auf dem Boden kauerte eine Gestalt. Nein, die Gestalt kauerte nicht, sie hob etwas auf. Ein Geschenk.

»Titus?«, rief Stella überrascht.

»Frohe Weihnachten!« Er stand auf und wirkte dabei

verlegen wie ein Schuljunge, der bei einem unerlaubten Streich erwischt worden war.

Hastig legte er das Paket auf die Fensterbank.

»Was machst du denn da?«, fragte Stella verwirrt. »Komm rein.«

Sie stürzte zur Terrassentür, machte sie auf und trat hinaus. Titus eilte mit ausgebreiteten Armen und strahlendem Lächeln auf Stella zu. Sie ließ sich in diese Umarmung hineinfallen wie in ein frisch gemachtes, duftendes Bett.

Titus war zurück! Es ging ihm gut! All die Sorgen, Ängste und Zweifel fielen von Stella ab. Titus' Lippen berührten die ihren und der Kuss schmeckte nach Glück und Erleichterung.

Sie standen eine gefühlte Ewigkeit auf der Terrasse, ganz versunken in ihre Zweisamkeit. Obwohl es kalt war und der Wind heulte, fühlte sich Stella so warm und geborgen wie in einem Kokon. Erst Luisas zurückhaltendes Stimmchen holte sie zurück in die Wirklichkeit.

»Mama?«, drang es leise durchs Wohnzimmer.

Stella löste sich von Titus und ging hinein. Die Wohnzimmertür stand einen Spalt offen, unten ragte der Kopf von Luisa herein, ein wenig weiter oben der von Hilde.

»Wir dachten, wir müssen mal nach dem Rechten sehen«, sagte Hilde. »Außerdem war mir, als hätte ich Stimmen gehört.«

»Ihr Lieben, alles gut. Kommt herein und schaut, wer da ist«, sagte Stella.

»Hallo Titus«, sagte Luisa.

Sie hatte aber kaum Zeit, ihn zu begrüßen, denn die

Geschenke unter dem Weihnachtsbaum übten eine magische Anziehungskraft auf sie aus.

Hilde hingegen interessierte sich brennend für den Neuankömmling.

»Titus, wie schön. Wo warst du denn die ganze Zeit? Wir haben uns Sorgen gemacht.«

»Ach, das ist eine lange Geschichte«, sagte Titus.

»Erzähl. Wir haben Zeit«, sagte Hilde.

»Können wir erst die Geschenke aufmachen?«, rief Luisa dazwischen.

Stella nickte und alle lachten, als sich Luisa mit einem spitzen Schrei auf die vielen Päckchen stürzte.

47

»Oh, wie schön!«

»Danke!«

»Schau dir das an!«

»Hast du das selbst gemacht?«

»Den Roman wollte ich schon lange lesen.«

»Ein Einhorn!«

Das Auspacken der Geschenke war ein herrlich turbulentes Chaos. Alle redeten durcheinander, alle freuten sich.

Am glücklichsten war Luisa, denn sie hatte tatsächlich ein Einhorn bekommen. Ein richtiges, großes Einhorn, auf dem man sogar reiten konnte. Angeblich konnte es auch wiehern und Galoppgeräusche machen, aber dazu musste Titus erst den Kopf montieren. Die Angelegenheit erwies sich als etwas knifflig, doch mit vereinten Kräften schafften sie es schließlich, das Einhorn zum Leben zu erwecken.

Stolz thronte Luisa auf seinem Rücken und galoppierte mit leuchtenden Augen durch den Märchenweihnachtswald, zu dem sie das Wohnzimmer kurzerhand umfunktioniert hatte. Stella war eine Elfe, Hilde eine Fee und Titus der gütige König.

War ja klar nach diesem großzügigen Geschenk.

»Du hast Lulus Herz für immer erobert«, sagte Stella lachend.

»Und deins?«, fragte Titus und schaute ihr tief in die Augen.

»Oh, jetzt wird's interessant.« Hilde schnalzte mit der Zunge und grinste spitzbübisch.

»Hm, das kommt ganz auf den Grund für deine Schweigsamkeit und dein spätes Eintreffen an.« Stella schaute Titus neugierig an.

»Wie gesagt, das ist eine lange Geschichte.« Titus seufzte.

»Gut, dann mache ich uns jetzt eine Tasse Glühwein und danach erzählst du uns, was los war.« Stella stand auf und ging in die Küche.

Kurz darauf kam sie mit drei Tassen Glühwein, einer Tasse Kinderpunsch und einem Teller mit Plätzchen und Lebkuchen zurück. Für Titus hatte sie auch noch Würstchen und Kartoffelsalat mitgebracht, weil sie nicht wusste, ob er überhaupt schon etwas gegessen hatte.

Luisa, die normalerweise verrückt nach Kinderpunsch und Plätzchen war, kam nur kurz an den Tisch, um eine Kleinigkeit zu stibitzen, dann kletterte sie schon wieder auf ihr Einhorn und setzte den Ausflug in ihre Weihnachtszauberwelt fort.

Titus hingegen langte mit großem Appetit zu. Er schien regelrecht ausgehungert zu sein. Obwohl Hilde und Stella beinahe platzten vor Neugierde, ließen sie ihn erst einmal in Ruhe essen, bevor sie ihn mit Fragen löcherten. Doch kaum war der letzte Bissen verputzt, beugte sich Hilde auch schon wissbegierig zu Titus.

»Also, leg los. Wir wollen jedes Detail erfahren.«

Titus tupfte sich mit der Serviette den Mund ab und trank einen Schluck. Dann begann er zu erzählen.

»Das Unwetter in Kalifornien war schlimmer als erwartet. Ich hätte nicht geglaubt, dass tatsächlich die Flughäfen dichtmachen würden. Auch Straßen wurden gesperrt, es gab Erdrutsche und Überflutungen. Ich dachte schon, ich könnte mir die Rückkehr nach Deutschland abschminken, doch dann hatte ich eine Idee: Trucker waren hart im Nehmen und es gab bestimmt den ein oder anderen, der trotz der schlimmen Witterungsverhältnisse unterwegs sein würde. Lange Rede, kurzer Sinn – ich habe mich in Lastwägen bis nach Las Vegas durchgeschlagen und von dort dann einen Flug nach Deutschland bekommen.«

»Aber warum hast du dich denn nicht gemeldet?«, fragte Stella.

Titus zog sein Handy aus der Tasche.

»Deswegen«, sagte er. Das Gerät sah vollkommen zerstört aus. »Meinen Laptop hat es auch erwischt. Eigentlich mein ganzes Handgepäck. Der Sturm hat mir vor der Abreise die Tasche aus der Hand gerissen und drei Autos sind darüber gerollt. Zum Glück hatte ich meine Geldbörse in meiner Jackentasche. Aber leider habe ich deine Handynummer nicht auswendig gelernt. Ehrlich gesagt, kann ich gar keine Nummern mehr auswendig.«

»Geht mir auch so«, gab Stella zu.

»Und in all dem Durcheinander hattest du noch Zeit,

Geschenke zu kaufen?«, fragte Hilde. Sie strich über den kuscheligen Poncho, den Titus ihr geschenkt hatte, dann wanderte ihr Blick weiter zu Stellas Hals, wo eine wunderschöne Kette funkelte.

»Nun ja, die Kleinigkeiten für euch beide habe ich bereits in Palo Alto besorgt. Und das mit dem Einhorn, das war Zufall.«

»Es ist dir über den Weg galoppiert?« Hilde zog die Augenbrauen nach oben.

»Sozusagen. Einer der Lkw-Fahrer hatte tatsächlich massenhaft Spielwaren geladen, darunter diese Einhörner. Da musste ich einfach zugreifen.«

Genau in diesem Moment drang ein lautes Wiehern durchs Wohnzimmer.

Hilde schüttelte belustigt den Kopf. »Verrückt. Wirklich verrückt ist das. Ein richtiges Weihnachtsmärchen.«

Titus, Stella und Hilde schauten zu Luisa, die absolut glücklich und in ihre eigene Gedankenwelt versunken, wilde Abenteuer mit ihrem Einhorn erlebte.

Stella griff nach Titus und Hildes Hände und drückte sie fest. Es stimmte eben doch: An Weihnachten wurden Wünsche wahr.

48

»Nun ja, ich geh' dann mal«, sagte Titus. »Danke für diesen wunderschönen Heiligabend.« Er nahm Stella in die Arme.

»Gehen? In dein eiskaltes Schloss? Kommt gar nicht in Frage«, sagte Stella und schmiegte sich an ihn.

Sie war so froh, dass Titus endlich wieder bei ihr war. Niemals würde sie ihn einfach so gehen lassen.

»Also, da muss ich Stella recht geben«, sagte Hilde. »So weit kommt es noch, dass du dich wieder davonschleichst. Apropos schleichen, warum hast du eigentlich nicht geklingelt?«

»Habe ich. Aber es hat niemand aufgemacht«, sagte Titus. »Und der Fensterladen von der Küche war zu. Da dachte ich, ich geh mal ums Haus, bestimmt seid ihr im Wohnzimmer. Aber da war niemand, doch das Fenster stand offen. Also habe ich die Geschenke unter den Baum gelegt. Bevor ich zu euch in die Küche gehen konnte, hat mich Stella allerdings schon bei meinem geheimen Treiben überführt.«

Stella senkte die Stimme. »Wir haben Geräusche aus dem Wohnzimmer gehört. Luisa war sich sicher, dass das Christkind am Werk sei. Ich hatte jedoch Angst, dass der Wind das Fenster kaputtmacht.«

»Es war auf jeden Fall eine gelungene Überraschung«, sagte Hilde. »So, und nun gehe ich ins Bett. Mit einem Herzen voller Freude. Das war ein wunderbarer Heiligabend. Ich danke euch.« Hilde erhob sich mühselig.

Nach dem langen Sitzen fiel ihr das Aufstehen immer schwer. Stella griff ihr unter die Arme.

»Warte, ich helfe dir. Titus, kann ich dich kurz mit Luisa allein lassen?«

»Na klar. Wobei mir die kleine Einhornprinzessin schon ziemlich müde aussieht.«

»War ja auch ein wilder Ritt.« Stella sah lächelnd zu ihrer Tochter.

Luisa hatte sich auf einem Sessel zusammengerollt, das Einhorn stand daneben. Ab und an brabbelte Luisa geheimnisvolle Sätze, aber dazwischen fielen ihr die Augen zu.

»Gute Nacht, Lulu«, sagte Hilde. »Schlaf schön und träum was Aufregendes.«

»Mhmhm«, murmelte Luisa.

»Ich bring sie ins Bett«, sagte Titus.

»Danke. Ich komm dann hoch für den Gute-Nacht-Kuss.« Stella führte Hilde ins Badezimmer und half ihr bei der Abendtoilette.

»Kann ich noch etwas für dich tun?«, fragte sie, als Hilde im Bett lag.

»Ja, kannst du.« Ein schelmisches Grinsen erschien auf Hildes Gesicht. »Genieß die Nacht mit Titus.«

»Hilde!«, rief Stella mit gespieltem Entsetzen, spürte aber gleichzeitig ein heftiges Kribbeln in ihrem Bauch.

»Keine falsche Verlegenheit. Weihnachten ist schließlich das Fest der Liebe, nicht wahr? Nun geh schon.«

Stella huschte aus dem Zimmer und stieg die Treppe hinauf. Sie würde jetzt schnell Luisa gute Nacht sagen, danach aber noch die Küche aufräumen. Erst die Arbeit, dann das Vergnügen.

Luisa lag bereits unter der Decke und schlief. Das Einhorn stand wie ein Wächter neben ihrem Bett.

»Du hast es hochgetragen?« Stella schüttelte den Kopf.

»War ein Deal«, sagte Titus.

»Ein Deal? Du machst Geschäfte mit einer Fünfjährigen?«

»Ich hab das Einhorn hochgetragen, dafür hat Luisa Zähne geputzt.«

»Ich fasse es nicht.« Stella lachte leise.

»Sorry, falls ich deine Erziehungsprinzipien gecrasht habe. Aber Luisa war sehr überzeugend«, sagte Titus.

»Du bist ja auch das perfekte Opfer.« Stella strich ihm über die Wange. »Du hast ein viel zu großes Herz. Danke, dass du Hildes Zuhause gekauft hast.«

»Der Notartermin steht noch aus. Aber ja, warum nicht? Ich helfe gerne, wenn ich kann.«

»Lulu wird das schamlos ausnutzen.«

»Ich freue mich darauf. Sie ist ein großartiges Mädchen. Kein Wunder, bei dieser Mutter.« Titus schloss Stella in die Arme.

Beide stolperten eng umschlungen und sich küssend aus Luisas Zimmer. Stellas gute Vorsätze, erst noch die

Küche aufzuräumen, lösten sich in Luft auf. Vielmehr genoss sie es, endlich Titus' Nähe zu spüren. Und sie freute sich darauf, zusammen mit ihm ihr ganz persönliches Weihnachtswunder zu erleben.

49

»Warte ein bisschen, ja? Ich komme gleich wieder.« Luisa lächelte der Möwe am Fenster zu.

Sie hatte gehört, dass ihre Mutter und Titus ins Bett gegangen waren. Und Hilde schlief bestimmt auch schon tief und fest.

Auf Zehenspitzen tappte Luisa die Treppe hinunter, streng darauf bedacht, die Stellen, die knirschten und knarzten, zu meiden. Sie schlich in die Küche und nahm ein Würstchen und Kartoffelsalat aus dem Kühlschrank. Leise trat sie den Rückzug an.

»Frohe Weihnachten, Möwe.« Luisa kletterte auf einen Stuhl und schob den Teller durch das offene Fenster.

Sie hatte sogar an eine Nachspeise gedacht und ein Plätzchen neben das Würstchen gelegt. Die Möwe machte eine Bewegung, die aussah, als würde sie sich verneigen, dann schnappte sie sich mit großem Appetit das Würstchen.

Luisa stützte sich mit den Ellbogen auf die Fensterbank und schaute in die Winternacht hinaus.

Der Wind war abgeflaut und es hatte wieder zu schneien begonnen. Der Schnee rieselte in großen Flocken vom Himmel. Die Luft roch nach Kälte und Kaminrauch. Aber in den Stuben der Häuser war es warm an diesem Heiligen Abend. Und Luisa war sich sicher, dass etwas von dieser Wärme das Weihnachtsfest überdauern und einen Platz im Herzen der Menschen finden würde.

ZWEI JAHRE SPÄTER

»... ist es mir eine besondere Ehre und Freude, so kurz vor Weihnachten dieses großartige Projekt nun offiziell für eröffnet zu erklären. Es ist ein Geschenk für unsere Stadt und ihre Bürger. Lasst uns gemeinsam feiern.«

Der Bürgermeister schnitt zusammen mit Titus die riesige rote Schleife am Tor des Schlosses durch und die unzähligen Besucher strömten neugierig auf das Gelände.

Trotz der Kälte waren viele Anwohner der Einladung zur Einweihung gefolgt. Was vielleicht auch daran lag, dass es kostenlos Glühwein, Plätzchen und Lebkuchen gab.

Stella trat einen Schritt zur Seite und beobachtete mit einem zufriedenen Lächeln den regen Andrang. Die Mühe hatte sich gelohnt. Das Schloss erstrahlte in neuem Glanz. Ein Glanz, der nicht nur für Stella und Titus bestimmt war.

»Ich weiß, es ist verrückt, aber ich will dieses Schloss sanieren und irgendetwas Großartiges daraus machen«, hatte Titus an Heiligabend vor zwei Jahren zu ihr gesagt.

Glücklich und liebestrunken waren sie im Bett gelegen, unendlich froh, einander gefunden zu haben. »Ich will etwas Gutes tun. Etwas Sinnvolles. Es soll kein luxuriöser Platz für uns allein sein, sondern in irgendeiner Form der Gesellschaft zugutekommen. Ich weiß noch nicht genau, wie das aussehen könnte, aber …« Titus hatte mit den Schultern gezuckt und den Satz unvollendet gelassen.

»Ich hätte da eine Idee«, hatte Stella gesagt.

Und damit war der Grundstein gelegt.

Im Schloss fanden sich nun mehrere Wohneinheiten für Jung und Alt, deren Bewohner sich gegenseitig unterstützten. Mehrgenerationenwohnen hieß das im Prospekt, den sie eigentlich gar nicht gebraucht hätten. Denn die Idee machte sofort die Runde und fand so großen Anklang, dass die Wohnungen bereits vor Fertigstellung vermietet waren.

Eine davon bewohnte Hilde. Sie war mittlerweile vierundneunzig Jahre alt und noch immer erstaunlich fit. Der Abschied von ihrem Haus war ihr jedoch nicht schwergefallen.

»Ich bin viel lieber in eurer Nähe. Außerdem ist es doch Verschwendung, wenn ich ganz allein darin wohne. Nach oben gehe ich sowieso nicht mehr, weil die Stufen viel zu anstrengend sind«, waren ihre Worte gewesen, als Stella sie gefragt hatte, ob sie sich einen Umzug vorstellen könnte.

Bis das Schloss fertig war, hatten Hilde, Stella, Titus und Luisa gemeinsam im Haus gelebt. Sie waren in dieser Zeit zu einer richtigen Familie zusammengewachsen. Titus war für Luisa mittlerweile Papa Titus, was Stella unglaublich glücklich machte.

Der Umzug ins Schloss war vor allem für Luisa ein Highlight gewesen. Plötzlich Prinzessin! Luisa bewohnte das kleine Turmzimmer, das zwar nicht sonderlich geräumig war, sich dafür aber über drei Ebenen erstreckte. Ihre neuen Schulfreundinnen waren Dauergäste im Schloss, weil es immer etwas zu entdecken gab. Heimweh hatte Luisa keine Minute lang verspürt. Und ihre beste Freundin von früher durfte sie nun zweimal im Jahr in den Ferien besuchen.

All das ging Stella durch den Kopf, als sie auf die restaurierte Fassade des großen Gebäudes blickte. Es waren anstrengende zwei Jahre gewesen. Jahre mit viel Arbeit, vielen Zweifeln und jeder Menge Hürden, die es zu überwinden galt. Aber auch zwei Jahre voller Freude, kleiner Erfolge und großer Meilensteine.

Luisa war eingeschult worden, Stella hatte ein eigenes Gewerbe als Pflegekraft angemeldet, die Heizung ihres Elternhauses reparieren lassen und das Haus schließlich vermietet. Sie hatte in jeder freien Minute bei der Renovierung des Schlosses geholfen und den verwilderten Garten auf Vordermann gebracht. Der Rosenstock, den sie Titus vor zwei Jahren zu Weihnachten geschenkt hatte, war prächtig gewachsen und bezauberte die Bewohner im Sommer mit einer üppigen Fülle an duftenden Blüten.

»Wahnsinn, wie schnell die Zeit vergangen ist, nicht wahr?« Lilo legte den Arm um Stella.

Die zwei Frauen waren beste Freundinnen geworden und standen sich stets mit Rat und Tat zu Seite.

»Ja. Es kommt mir so vor, als sei ich erst gestern

hergekommen, um die befristete Stelle bei Hilde anzutreten.«

»Und nun bist du Schlossherrin. Nicht schlecht.« Lilo grinste. »Bereust du deinen Umzug?«

»Nein. Es ist wunderbar, hier zu sein. Natürlich vermisse ich meine Freunde. Heidemarie und Lothar ganz besonders. Sie haben so viel für mich getan. Aber zum Glück ist es hier am Meer so schön, dass alle immer gerne zu Besuch kommen.« Stella sah sich um.

Eigentlich sollten ihre früheren Nachbarn längst hier sein, aber Stella konnte sie nirgendwo entdecken. Da hörte sie plötzlich eine Stimme hinter sich.

»Stella, huhu. Hier sind wir.« Heidemarie kam winkend auf Stella zu, Lothar folgte ihr, zwei riesige Trolleys hinter sich herziehend.

»Hallo, ihr beiden. Lasst euch drücken.« Stella breitete die Arme aus. »Schön, dass ihr da seid. Wie ich sehe, habt ihr vor, länger zu bleiben?«

»Heidemarie hat wieder viel zu viele Geschenke gekauft«, erklärte Lothar den Umfang des Gepäcks. »Aber ja, so schnell werdet ihr uns nicht los. Wann hat man schon mal die Gelegenheit, in einem echten Schloss Weihnachten zu feiern?« Lothar sah sich staunend um. »Großartig ist es geworden, noch schöner als auf den Fotos, die du uns immer geschickt hast.«

»Wo ist denn Hilde?«, fragte Heidemarie. »Ich habe einen tollen Roman für sie dabei. Sie wird ihn lieben. Ich habe ihn an einem Tag verschlungen.«

»Jetzt kommt erst mal rein und verstaut euer Gepäck. Dann trinken wir eine Tasse Punsch und ich zeige euch alles, einverstanden?«

Heidemarie und Lothar nickten. Stella führte sie in den Privattrakt des Schlosses, wo sie eins der Gästezimmer vorbereitet hatte. Luisa musste die Ankunft der geliebten Nachbarn erspäht haben, denn sie kam wie aus dem Nichts herbeigeflitzt und fiel den beiden juchzend um den Hals.

»Wollt ihr eine Schlossführung?«, fragte sie. »Ich kann das viel besser als Mama. Ich kenne jeden Geheimgang.«

»Das stimmt. Lulu kennt jeden Winkel vom Keller bis in den Dachboden«, sagte Stella. »Aber Heidemarie und Lothar sind gerade erst angekommen. Gib ihnen ein paar Minuten.«

»Schon gut«, sagte Heidemarie. »Es ist uns eine Ehre, von Lulu herumgeführt zu werden.«

»Gut, dann sehen wir uns später. Viel Spaß.« Stella wollte sich wieder ins Gedränge stürzen und sehen, wo sie gebraucht wurde, da spürte sie eine Hand an ihrem Arm.

»Titus? Wo kommst du denn her?« Ein überraschtes Lächeln schlich sich auf ihr Gesicht.

»Ich habe dich gesucht. Ich dachte mir, dass es an der Zeit wäre, ein paar persönliche Worte an unsere Gäste zu richten, was meinst du?«

»Oh nein, ich dachte, ich kann mich davor drücken. Ich stehe so ungern im Mittelpunkt.«

»Falsche Bescheidenheit. Komm mit.« Titus zog sie zu einer Tür, die auf einen kleinen Balkon führte.

Sie traten nach draußen. Die Luft war kalt, aber unglaublich frisch. Die Weihnachtsdeko glitzerte in den Bäumen und Sträuchern, die Stimmen und das Lachen der Menschen hallten zu ihnen herauf. Unten sah sie

Hilde stehen, die in ein angeregtes Gespräch mit Ludwig vertieft war. Ein ehemaliger Meeresbiologe und Mieter einer der Wohnungen.

Stella glaubte, dass sie Hildes Augen funkeln sah, aber das konnte auch Einbildung sein.

»All das ist dein Werk«, sagte Titus. »Schau an, was du geleistet hast. Wie glücklich die Menschen sind. Wie herrlich dieser Ort geworden ist. Das haben wir nur dir zu verdanken.«

»Na ja, vor allem deinem Geld«, sagte Stella.

»Oh nein, Geld allein ist nur Papier. Es sind deine Ideen, deine Leidenschaft und dein Einsatz, die diesen Ort einzigartig machen. Ohne dich wäre es nur ein Gebäude. Du hast es zu einem Zuhause gemacht.« Titus zog Stella an sich und küsste sie innig. »Du hast meinem Herzen ein Zuhause gegeben«, flüsterte er in ihr Ohr. »Ich liebe dich.«

Ein leises, freundliches Krächzen ließ Stella aufhorchen. Die Möwe hatte sich zu ihnen gesellt, saß auf dem Balkongeländer und schaute sie aus klugen Augen an.

Konnten Möwen eigentlich lächeln? Und passierten Märchen manchmal wirklich? Stella hätte in diesem Moment geschworen, dass es so war.

– Ende –

Copyright © by Lotti Tomke

Lotti Tomke
c/o Alex Kampf
Kienbachring 32
94350 Falkenfels

mail@lottitomke.com

1. Auflage: Oktober 2024

Covergestaltung: Lotti Tomke
Bilder von
depositphotos: © by mykef, MarinaErmakova, javanesia45,
safeee@gmail.com
AdobeStock: © by Karolina Madej, Moko22, lumerb, glowonconcept

Alle Rechte vorbehalten. Nachdruck, auch auszugsweise, nur mit schriftlicher Genehmigung der Autorin.

Printed in Poland
by Amazon Fulfillment
Poland Sp. z o.o., Wrocław

63607100R00157